Jeanne la Noire

PAR

EDOUARD OURLIAC,

AUTEUR

DE L'ARCHEVÊQUE ET LA PROTESTANTE.

—

TOME SECOND.

PARIS.

CHARLES. LACHAPELLE, ÉDITEUR,
RUE SAINT-JACQUES, N. 75;

BOUSQUET, LIBRAIRE,
PALAIS-ROYAL.

—

M D CCC XXX VI.

JEANNE LA NOIRE.

JEANNE

La Noire

PAR

ÉDOUARD OURLIAC,

AUTEUR

DE L'ARCHEVÊQUE ET LA PROTESTANTE.

—

TOME SECOND.

--

PARIS.

CHARLES LACHAPELLE, ÉDITEUR,

RUE SAINT-JACQUES, 75.

—

1833

IMPRIMERIE DE A. BELIN,
Rue Sainte-Anne, 55.

JEANNE LA NOIRE.

LIVRE SIXIÈME.

CHAPITRE I.

Ici on loge à pied et à cheval.

Enseigne.

1.

L'auberge du Tapis-Vert.

———

C'était le 24 novembre, la veille de la
Sainte-Catherine, la plus marchande, la
plus renommée et la plus bruyante foire
de Carcassonne.

Le jour tombait, mais la soirée était douce et belle.

Vers le milieu de la rue de la Reille, quelques femmes assises et groupées devant leurs portes, comme le permettaient les longs bancs de pierre qui en longeaient les côtés et la provinciale tranquillité du quartier, venaient d'interrompre d'intéressans propos sur M. un tel, Madame une telle, la famille d'un fabricant, le curé de Saint-Michel, les filles du barbier, les officiers de la garnison, la femme d'un consul, le clerc de notaire du coin, la pénitente d'un cordelier, le couvent des Augustins, sur toute la ville enfin, des intrigues, des affaires, des secrets d'intérieur, des amourettes, leurs textes quotidiens de jaseries.

Elles scrutaient maintenant d'un regard avidement curieux des voyageurs qui se pressaient à l'entrée d'une maison voisine, distinguée par une longue barre de fer horizontalement scellée dans le chambranle du portail, au bout de laquelle se balançaient un rameau de buis flétri, et une plaque de tôle découpée à jour, avec une grossière peinture à demi-effacée par la pluie, dont on ne voyait plus que trois grotesques têtes rangées autour d'une table de jeu, et ces mots en banderole: *au Tapis-Vert, Rousset, aubergiste.*

Ces voyageurs n'étaient pas de nature à fournir de piquans épisodes à la conversation de ces dames, déjà, grace au ciel, passablement animée.

C'étaient de bons marchands avec leurs caisses, des colporteurs avec leurs ballots, des métayers, des maquignons, de gros fermiers vendeurs et acheteurs d'ânes, de porcs, de mulets, tous attirés par la solennité du jour de foire, et tels qu'on avait coutume d'en voir à cette époque, aussi n'obtinrent-ils qu'un examen silencieux, et les caquets reprirent leur cours.

— Jésus! pauvre femme! qu'avez-vous besoin de me recommander le secret? me prenez-vous pour un enfant? Ceci est entre nous, c'est comme si vous aviez parlé à ce mur; mais je suis certes bien aise de savoir ce que vous venez de dire! Qui aurait pensé pareille chose de cette drôlesse de Rosette! — Je vais ce soir à souper défendre à ma cadette de la fréquenter.

— Et bien vous ferez; les jeunes filles se perdent les unes par les autres: voyez-vous, madame Grimal, les mauvaises camarades et l'amour des colifichets... ah!

— Ne m'en parlez-pas; nous en avons de tristes exemples sous les yeux.

La tête de madame Grimal se tourna

malicieusement vers la porte de l'auberge
du Tapis-Vert.

Une petite fille de quinze à seize ans,
pimpante et proprette, souriait, en baissant
les yeux, aux complimens épais de quelques arrivans.

—Voyez-moi ça! la petite de Rousset!
voilà de la toilette! voilà du luxe! une
robe de popeline toute neuve ! des pa-
pillons plissés à son bonnet comme la fille
d'un procureur! quel front! En vérité, sa
mère est folle, car c'est elle qui nourrit
cette passion effrenée de coquetterie; cette
pauvre femme tomberait malade s'il arri-
vait, par hasard, qu'un dimanche à la grand'
messe, la mise de sa Rosette fût éclipsée
par celle d'une de nos filles : heureusement on a le bon sens de ne pas mettre
d'importance à ces misères. D'ailleurs, il
est reconnu qu'on doit se ruiner quand

on achète à prix fou des linons, du satin, du crêpe, comme ceux que portait Rosette le jour qu'elle a quêté à l'office du soir des Jacobins; du reste je ne sais comment ces gens-là peuvent faire. Mais vous me direz, cela ne nous regarde pas. —Le père est bien à plaindre! car c'est à la sueur de son front.....

—Et le jour de la première communion, n'avait-on pas acheté à cette petite fille le plus beau cierge de la ville, afin qu'elle fût remarquée à la procession.—Un cierge de deux louis!... il y a vraiment de quoi se dépiter.

— Faut tout dire aussi, le père gagne gros; son auberge est la plus achalandée... et tenez, voici une troupe de voyageurs qui m'ont bien la mine de venir payer les affiquets de la Rousset et de sa fille.

Les yeux des commères se fixèrent sur

un groupe d'individus qui s'acheminaient vers l'entrée de l'auberge du Tapis-Vert.

Le premier de ces personnages était grand et maigre; sa figure, flanquée d'une énorme paire d'ailes de pigeon poudrées à blanc, avait je ne sais quel caractère d'effronterie et de gravité plaisante. Il avait des yeux gris, fins et pénétrans, un nez recourbé, et de longues moustaches rousses; le carrick de voyage qui le drapait ne laissait voir que le collet rouge d'un habit d'uniforme, la pointe d'une rapière démesurée qui en soulevait le bord inférieur, un chapeau galonné, et de longues bottes à éperons tintans et crochus; il portait de plus, sous le bras, un léger paquet qu'il paraissait cacher avec soin.

Puis venait un petit homme, trotillant et sautillant, aux yeux clignés, aux sourcils noirs, à la physionomie naïve et railleuse

à la fois, avec un frac de bouracan gris à
demi usé ; ce petit homme était, comme
celui qui l'avait précédé, peu embarrassé
de suite et d'équipages, et portait son ba-
gage avec lui.

En entrant dans l'auberge du Tapis-Vert,
il cria d'une voix claire et presque fémi-
nine :

— *Dov' è il padrone della casa! una ca-
mera* ! Place au zentil et fameux arlequin
Capriolini ; zette ville a le grand bonhour
de le pozzéder dans zes mourailles.

L'homme qui suivait de près l'arlequin
Capriolini, et qui aurait échappé à des
regards peu observateurs, tant sa mise
était simple et ordinaire, son allure me-
surée et paisible, la couleur de ses habits
grise et foncée, toute sa personne indifférente et confondue comme à dessein avec
la foule, avait des traits d'une originalité

peu commune. Imaginez, sous un sombre
chapeau de feutre grossier, mais point
trop râpé, un nez aquilin, un coup d'œil
gai, moqueur, constamment éveillé, et
des lèvres pincées au coin de la bouche par un sourire ironique en perma-
nence.

Cet homme n'avait pour tout fardeau
qu'un bâton noueux à la main.

Il dit se nommer Baptiste Baudry à
l'aubergiste, qui recevait sur un registre
les noms, qualités et professions de tous
les voyageurs qui avaient élu domicile
dans sa renommée hôtellerie.

Puis il se glissa, inaperçu et furtif,
dans la salle où se réunissaient les arrivans
et s'y assit dans le coin le plus obscur,
pour promener à son aise ses yeux scrutateurs sur ceux qui s'y trouvaient déjà.

Un bon marchand, inquiet, affairé de

quatre ou cinq ballots sur lesquels on lisait en grosses lettres M. *Gidoin*, et plus
bas, *fragile,* entra après qu'il les eut rangés
et mis en ordre dans une remise, et vint se
mêler à une conversation commerciale.
On pouvait croire le bonhomme fort empêché de prendre part à d'autres.

Arriva enfin une charretée de personnages, tant mâles que femelles, avec des
accoutremens risibles et pitoyables, des
voix confuses qui achevèrent de jeter le
tumulte et le désordre dans l'auberge.

CHAPITRE II.

La mia casa sara sempre à vostra disposizione.

GOLDONI.

On dit que devers l'occident les croyans, fatigués et affaiblis, ne peuvent s'asseoir au caravansérail, si leur ceinture ne regorge point de sequins.

Contes persans.

II.

L'hôtelier et sa femme.

———

— Ce sont des comédiens, dirent les commères carcassonnaises.

— Ils vont faire plus de bruit que de

dépense chez Rousset, reprit l'une d'elles.

La troupe était en effet fort bruyante.

Elle descendit de voiture.

—Saint-Phar, veillez, mon ami, à ce qu'on ne secoue point trop mes cartons.

—Saint-Phar, allez parler à l'aubergiste.

— Saint-Phar, où faut-il déposer les caisses de magasin?

— Saint-Phar, prenez cette malle de Dorothée.

Et le directeur, caissier, costumier, machiniste, allait, venait, suant et se multipliant en véritable factotum, et répondant aussi juste que possible aux mille et une questions dont on l'assaillissait.

Les comédiens entrèrent et allèrent trouver l'hôte, qui fit d'abord une grimace imperceptible en les apercevant, mais qui cependant les reçut avec une affabilité tout aimable.

M. Rousset, l'hôtelier, était un homme
de cinquante ans, long, fluet, osseux, ma-
niant avec grâce le bonnet de coton blanc
que, par un tic habituel, il ôtait et remettait sans cesse sur sa tête, et doué d'une
souplesse d'épine dorsale qui eût fait honneur à un courtisan; c'était le type véritable de ces adroits hôteliers espagnols de
Gilblas et d'Estevanille, aimant à rire,
menteur intrépide, bavard et hâbleur ef-
fronté, plaisant du reste, sachant le faible
et le fort de son métier, et voleur comme
une pie.

— Mesdames, Messieurs, dit-il en s'a-
dressant aux comédiens, je suis flatté de la
préférence que vous m'accordez; j'ai une
prédilection toute particulière pour les artistes. Ces gens-là sont d'une munificence
remarquable. Un chanteur, avant-hier,
laissa deux louis à ma servante, et paya

2.

double le compte que j'eus l'honneur de
lui présenter: voilà de fameux artistes! Il
est vrai de dire aussi que, parmi cette brillante troupe de favoris d'Apollon, il se
glisse parfois des misérables indignes de
leur art et de leurs collègues, qui s'avisent
de mourir de faim et de ne point payer
leur dépense. Quand ces sortes de choses
arrivent chez moi, je prends mes mesures,
et comme le juge de paix de Limoux est
mon beau-frère, que j'ai deux cousins
dans la maréchaussée, et que je suis particulièrement lié avec tous les aubergistes
de la province, mes confrères, il arrive
que les délinquans ne trouvent pas une
croûte à manger dans un rayon de vingt-
cinq lieues. — Annette, continua-t-il en
s'adressant à sa femme, prends les clés de
la chambre bleue, des cabinets du haut,
et conduis ces dames et messieurs.

Une petite maman, fraîche, grasse, ron-
delette, s'avança, questionnant, bavardant,
caquetant avec une voix haute et criarde.

— Suivez-moi, mesdames. — C'est par
ici. — Emportez-vous vos cartons? — C'est
selon ce qu'ils contiennent, au reste... —
S'il y a des robes, je vous conseille... si
c'est de la soie, des dentelles ou des bonnets... Sont-ce des bonnets? — En ce cas,
vous pouvez les laisser là, Jeanneton les
montera. — On viendra les prendre.

— Donnez-nous deux chambres, dit
Saint-Phar.

— Oui, monsieur, à vos souhaits. —
Est-ce la première fois que vous venez dans
notre ville. — Oh! une ville bien agréable, ma foi! — Une fontaine superbe, des
rues droites! et la Cité, oh! la Cité! vous
verrez tout cela. — Les gens y sont un
peu médisans, mais la ville et belle; quand

je dis la ville, je parle des maisons, de la
place, de la Cité. — Les voyageurs disent
que c'est fort curieux. — Vous venez ap-
paremment de Toulouse?

— Non, madame.

— Vous venez donc de Castres? —Non;
c'est de Narbonne, peut-être. — Voici vos
chambres. — Madame a-t-elle besoin de
quelque chose... en tout cas, elle n'aura
qu'à appeler. —C'est madame votre épouse,
sans doute?

— Nous n'aurons besoin de rien avant
le repas.

Et la bonne dame Rousse, descendit,
alla gourmander les servantes, interroger
d'autres arrivans, hâter les marmitons, et
semer çà et là ses caquets bruyans par toute
la maison.

Il y eut bientôt grand bruit dans la salle
basse de l'hôtellerie.

Les comédiens, rassemblés, s'enquê-
taient des démarches à faire pour obtenir
la permission de jouer sur le théâtre de
la ville, trois ou quatre des meilleures pièces de leur répertoire.

Déjà des groupes de ces roués provin-
ciaux, déterminés piliers de coulisses, qui
sont à la piste des actrices nouvellement
débarquées, et qui ne vivent que de bonnes fortunes théâtrales, furetaient, flai-
raient, coquetaient autour de madame
Saint-Phar et compagnie. Déjà des comédiens, amateurs de l'endroit, qui savaient
quelques rôles, proposaient de s'adjoindre
à la troupe pour compléter le spectacle,
offre que M. Saint-Phar, en homme qui
sait tirer parti des circonstances, se pro-
posait d'accueillir chaudement.

L'homme au chapeau galonné deman-
dait à se munir d'une autorisation des

magistrats, pour faire participer, disait-il,
les habitans de Carcassonne aux impor-
tantes découvertes qu'il venait de faire
pour le traitement de quelques maladies.

L'hôte prit la parole :

—Messieurs, je vais tous vous satifaire.
Je possède la confiance de M. Reynaud,
l'un des consuls et des plus dignes hommes
de cette ville; allez le trouver, recom-
mandez-vous de moi, et vous en obtien-
drez aussitôt certificats, permissions, autorisations, tout ce qui vous plaira; car
jusqu'à sept heures, aujourd'hui, il signe
ces sortes de pièces. Le souper sera pour
huit.

Les voyageurs mirent l'avis à profit,
quittèrent la salle, et se dirigèrent vers la
maison de ville où ils devaient trouver le
consul.

CHAPITRE III.

Oh ! dans ce monde auguste où rien n'est éphémère,
Dans ces flots de bonheur que ne trouble aucun fiel,
Enfant! loin du sourire et des pleurs de ta mère
　　　N'es-tu pas orphelin au ciel?

Victor Hugo.

III.

L'Adoption.

———◆———

Dans l'une des salles du rez-de-chaussée de la Maison-de-Ville de Carcassonne, partagée dans toute sa longueur par une bar-

rière de bois à grillage, un homme,
jeune encore, mais abattu et flétri, ac-
coudé, la tête dans ses mains, sur une
grande table de chêne placée au-dessous
d'un large crucifix appendu au mur, paraissait plongé dans une douloureuse mé-
ditation.

Un second individu, plus vieux, debout
à ses côtés, essayait de le consoler et de
faire trève aux idées lugubres qui rou-
laient dans son cerveau.

— Pour Dieu! mon bon M. Reynaud,
vous deviez y être préparé... cet enfant
était d'une si mauvaise santé !

— Pauvre fils! sanglota le consul.

—Défunte sa mère, votre digne et bien -
aimée femme, devant Dieu soit son ame !
l'avait mis au monde, comme vous savez,
dans de trop pénibles circonstances pour
qu'il pût y avoir en lui le germe d'une

longue et heureuse vie. S'il n'était pas
mort maintenant....

— Oh! je vous en prie, épargnez-moi
ces souvenirs, ces cruelles paroles.

— Excusez-moi, mon bon M. Reynaud,
je prends tant de part à votre peine! Je ne
conçois pas qu'après cette douloureuse
perte, avec votre chagrin, vous repreniez
si tôt les occupations de votre charge.

— Monsieur, la ville ne doit point souf-
frir de mes chagrins domestiques.

— Nous vous connaissons, digne homme;
du reste, veuillez accepter mes complimens
de condoléance sur cet événement malheureux.

Et le fâcheux se retira.

Le consul fit alors signe à un sergent de
la maréchaussée, qui venait d'entrer, de
s'approcher.

Le soldat s'avança, et se tint respec-

tueusement immobile, la tête droite, le
chapeau sous le bras, et la brette sur le
jarret tendu.

— Tu dois le savoir, brave Thibault;...
je viens de perdre mon fils.... le fils chéri
de ma Claire! — Mon enfant est mort....
après quelques misérables momens d'une
existence chétive et languissante. —Ainsi,
de tous ceux que j'aimais, il ne me reste...
personne..... personne! — Mon père, ma
Claire, mon fils... tous morts! — Je demeure seul au monde. — Je suis bien
malheureux !

Le soldat haussa les épaules en signe de
compassion.

— Écoute, Thibault. — J'avais confié
à ta femme l'enfant que tu as recueilli
dans la rencontre de ton détachement avec
une bande de Gitanos et brigands. — Je
lui comptais une certaine somme par mois,

afin qu'elle l'élevât secrètement, et que ce petit malheureux, privé de sa mère, en retrouvât une et embrassât la bonne religion. — Cette somme, je continuerai de la lui donner régulièrement, si elle et toi vous gardez fidèlement un secret. — Je ne dois plus avoir d'enfans ; je suis riche, et je veux compléter la fortune de cet orphelin en lui laissant mon nom et mes biens. — Il ne sera plus bâtard ! — Je l'adopte à la place de l'enfant que je viens de perdre. Je lui ai donné le même nom, et j'exige qu'aux yeux de tous il passe pour mon propre fils naturel, que j'ai voulu reconnaître et élever. — Toi seul pourrais me démentir ; car tes camarades croient l'enfant des Gitanos mort dans la maison des Cordeliers. Tu t'engageras par serment, ainsi que ta femme, à ne le faire de ta vie. De mon côté, je m'engage à te faire tenir

une rente, que je t'assurerai même après
ma mort.

— Suffit, monsieur le consul. Ça va un
tant soit peu tracasser Thérèson, parce que,
vous savez... les femmes... ça est toujours
avec les enfans... ça s'attache à cette petite
vermine-là. —Elle s'était déjà habituée au
petit Noël ni plus ni moins que s'il était à
elle... et à moi, bien entendu.

—Charge-toi de lui prêcher raison. Dis-
lui surtout qu'elle pourra le voir quand
elle le désirera ; que, si elle y consent,
elle le soignera elle-même à ma métairie
de Véraza, d'où il ne doit point sortir
avant un certain âge.

—Ah ! voilà qui nous arrange tous,—A
ces conditions-là, je réponds de Thérèson.

— Elle partira ce soir. Mon métayer
l'ira prendre à la Trivalle, où tu demeures,
je crois.

— C'est dit, monsieur le consul.

— Au revoir, Thibault.

Et comme le sergent s'apprêtait à sortir, un groupe d'individus se présenta à la porte.

Le consul, revenu à l'exercice de sa charge, interrogea les nouveau-venus. Ils se recommandèrent tous du nom de M. l'aubergiste du Tapis-Vert, et demandèrent leurs autorisations.

C'étaient les comédiens, l'arlequin Capriolini, l'homme au chapeau galonné, et autres aimables industriels nomades.

M. le consul examina leurs titres, leurs papiers, en continuant ses questions sur les noms, qualités et professions d'un chacun, au profit d'un greffier qui les inscrivait à mesure sur des pièces.

L'homme au chapeau galonné interrogé, répondit ;

2.   3

— Je m'appelle San-Marco di Baluffa, premier médecin du grand Ara-Aka-Mussen, scheik de la grande tribu des Arabes Ah-El-Makareh; j'arrive d'Orient où j'ai découvert une grande quantité de simples et d'aromates, remèdes infaillibles dont je veux, dans un but uniquement philantropique, favoriser les habitans de cette bonne ville.

Capriolini à son tour déclina ses qualifications.

Puis vint M. Saint-Phar.

—Magistrat, la troupe que j'ai l'honneur de diriger est signalée tout entière sur les papiers que je viens de déposer sur cette table, à l'exception de ce jeune homme, qui a pris tout récemment un engagement parmi nous, et que je n'ai pas le plaisir de connaître beaucoup.

Le jeune homme dont il s'agissait, était

d'une figure douce, rosée, charmante, et paraissait, quoique vêtu médiocrement, fort au-dessus des histrions qui l'entouraient.

Il s'avança et présenta des papiers suffisans.

—Vous déclarez être le sieur Urbain Cédar, ci-dessus mentionné?

—Oui, monsieur le consul.

M. Reynaud acheva de signer et parapher les pièces que le greffier lui présentait, les délivra à l'assistance et la congédia.

CHAPITRE IV.

Ami! j'ai besoin de tout mon courage et de toutes mes forces; ou je me trompe fort, ou voici l'une des plus étranges aventures qui se puissent rencontrer.

CERVANTES.

Il se commet tant de meurtres dans ces hôtelleries de grands chemins!

LEVIS.

IV.

De ce qui se passa de singulier dans une chambre de l'auberge.

En rentrant à l'auberge, les voyageurs qui revenaient de la Maison-de-Ville, remarquèrent que l'homme au bâton noueux,

Baptiste Baudry, n'avait pas encore quitté
la place où il s'était fait servir, à son arrivée, une bouteille de vin blanc des environs,
et d'où il les observait l'un après l'autre,
de son coup d'œil fin et perçant.

On pensa que c'était un métayer qui
venait pour faire des emplettes le lendemain, et on s'en occupa peu.

Les comédiens remontèrent à leurs chambres, auprès de madame Saint-Phar, que
les fatigues de la route avaient incommo-
dée, et Urbain Cédar, leur nouveau compagnon, exigea qu'on lui donnât pour son
argent, car il semblait en avoir, un cabinet séparé du reste de la troupe.

Madame Rousset le satisfit, tout en le
questionnant sur les motifs qui le faisaient
désirer une chambre à part.

—Jeanneton, dit-elle à voix basse à sa
domestique, qui mettait des draps blancs

au lit, ceci sent le mystère... as-tu observé
que ce jeune cadet n'est pas du bois dont
on fait les comédiens... il ne l'est pas plus
que moi... ça n'est pas habitué aux cham-
brées comme ces pauvres diables, — ça a
de l'argent. — Hum!... hum!... qu'est-ce
que cela peut être?—Voudrait-il se cacher?
— est-ce une intrigue? n'est-ce pas l'étranger qui a fait la cour à la fille de Lefebvre,
aux eaux de Rennes? — Le voilà qui descend. — Ah! voyons. — Son manteau de
voyage.—Il y aura laissé quelques papiers,
—Voici !... un flacon... un papier de musique... des crayons... plus rien, c'est en-
nuyeux ! — Pas moyen de savoir. — Jésus ! mon Dieu ! comme on est exposé dans
notre état. — Enfin, cet homme peut être
un assassin, un faussaire, un banquerou-
tier, que sais-je? — Oh! dorénavant je ne
loge plus personne que je ne sache où ils

vont, ce qu'ils sont, ce qu'ils font, et que
je ne sois dûment instruite du comment
et du pourquoi.

Dans la salle du rez-de-chaussée, M. Rousset tenait tête aux voyageurs qui y étaient
restés après le souper. Il leur racontait, avec
force mensonges bien compliqués, selon
son habitude, de longues histoires sur ses
voyages et son séjour en Espagne, où il avait
en effet passé quelques années ; il leur parlait de Madrid avec sa cour de satin et de
velours, ses cathédrales aux mille cierges,
ses chevaux ferrés d'or, ses *manolas* aux
yeux noirs, ses couvens aux doux mystè-
res ; il leur parlait de l'Andalousie, de Sé-
ville avec ses courses de taureaux, ses tor-
readores qui abattent l'animal furieux d'un
coup de poing, ses Andalouses au pied mi-
gnon, ses Madones d'argent et ses volup-
tueux boleros.

Toutes les oreilles étaient attentives.

San-Marco di Baluffa, le médecin du scheik arabe, maître passé par état en fait de hablerie, restait court devant cette faconde, et Baudry souriait de la stupéfaction du bon marchand Gidoin qui avait la bouche béante et ses gros yeux hébétés tout grands ouverts.

La soirée s'écoula ainsi.

Peu à peu les voyageurs s'acheminèrent vers leurs lits.

Tout-à-coup San-Marco di Baluffa, resté seul avec l'aubergiste, s'approche, et lui frappant de la main sur l'épaule :

—Par ma foi, signor, vous m'avez l'air d'un habile homme, et tel que vous voilà, vous pourriez me rendre un service que je ne saurais jamais trop payer.

— De quoi s'agit-il ?

— Voici ce qui m'arrive, reprit le charlatan en retroussant ses longues moustaches, vous m'avez vu arriver chez vous à pied et dans un assez triste équipage.

Il abaissa ses yeux sur ses bottes souillées par la poussière des chemins.

—Eh bien! ceci vous est une preuve frappante de l'instabilité des choses humaines. A quinze lieues d'ici j'avais encore une excellente voiture attelée de deux chevaux, deux valets et quatre symphonistes attachés à ma suite, lesquels symphonistes, avec un peu d'adresse et beaucoup de bonne volonté, réunissaient dans leur harmonie sept instrumens divers, ce qui, comme vous le pensez, me faisait un orchestre présentable et capable de me faire faire du bruit dans le monde. Je vendais avec beaucoup de pompe un onguent souverain pour les maux d'oreilles, les vers qui incommodent les enfans en bas-âge,

et les cors aux pieds. On peut l'appliquer
avec le même succès aux abcès, tumeurs,
engelures, dartres et autres affections mor-
bides. A l'entrée de cette province, j'ai
manqué tout-à-coup mes recettes, j'ai es-
péré me refaire, j'ai achevé ma ruine, et
me suis complètement coulé à fond. Je me
suis vu obligé de congédier mes gens et de
laisser mes équipages en paiement à l'auberge où je m'étais fixé. J'arrive ici en désespoir de cause. Je me hasarde demain sur
la grande place, mais privé du luxe qui
éblouit, comme vous devez le savoir, le
vulgaire, et qui suffit d'ordinaire pour
l'écoulement de mes onguens, j'ai grand
besoin d'aide et j'ai jeté les yeux sur vous.
Je ne suis pas connu dans la ville, et avec
ces apparences peu brillantes, on me re-
garderait à peine. Il s'agit donc de...

— Je vous entends, reprit l'aubergiste

l'interrompant avec le plus grand sérieux,
et repassant déjà dans sa tête le rôle plaisant
qu'il aurait à jouer. Vous voulez que je
fasse la réputation de votre onguent. Je
suis votre homme, et je veux être pendu
s'il vous en reste une doigtée demain à cette
heure-ci.

— Quel moyen emploierez-vous?

— Ceci me regarde; ne vous inquiétez
pas; ayez soin seulement d'aller vous placer demain, dès le matin, à l'endroit le
plus apparent du marché.

— Vous sauverez ma vie, dit San-Marco
di Baluffa.

— Et votre écot, reprit l'aubergiste.

— Adieu donc.

— A demain.

Le charlatan prit son chandelier de cuivre et alla se coucher.

Une heure après, le plus profond silence

régnait dans l'hôtellerie. Des ronflemens prolongés bruissaient dans tous les corridors, mais cependant tout le monde ne dormait pas.

La lumière brûlait encore dans la chambre d'Urbain Cédar.

Le jeune homme, en négligé de nuit, écrivait, réfléchissait et s'interrompait dans son occupation pour baiser un portrait suspendu à son cou par un cordon de soie.

Puis il restait pensif, le front dans les mains...

Tout-à-coup il leva la tête à un petit bruit qu'il lui sembla entendre...

Il prêta l'oreille en retenant son souffle.

Et en effet, il distingua une sorte de criaillement métallique et continu. Le bruit semblait venir de derrière la cloison qui formait le fond de la chambre.

Il s'en approcha pieds-nus, avec la plus grande précaution, appliqua sa tête sur la tapisserie, et distingua plus clairement encore un grincement de scie.

Mille idées étranges lui vinrent alors.

Il ne connaissait point la maison. — Il était étranger. — Quelle était la chambre voisine?

Des histoires d'auberges, de vols, d'assassinats lui passèrent par l'esprit.

Il essaya de les chasser; il s'accusa de faiblesse, quoique cette nuit-là même précédât un jour qui devait le montrer singulièrement courageux.

Mais le bruit continuait plus clair, et plus argentin toutefois.

Qu'était-ce donc? la tête d'Urbain s'égara, une sueur froide mouilla malgré lui ses cheveux.

Il saisit à tout hasard un couteau, seule

arme qu'il pût trouver, et explora légèrement de la main la cloison d'où sortait le
criaillement.

Il rencontre soudain une fente au-dessus de sa tête, et cache aussitôt sa chandelle.

Dans l'obscurité, une lueur filtre à travers les planches disjointes. C'est une légère
ouverture.

Ranimé, il monte sur une chaise, et
son œil, appliqué à la fente, plonge avec
avidité dans une chambre pareille à la
sienne.

Le lit, les chaises, la table, tout y est à
sa place et rien n'y semble extraordinaire.

Seulement un homme, debout devant
la cheminée, paraît attentivement occupé
à un ouvrage minutieux.

Cet homme, Urbain le reconnaît pour
l'un des voyageurs. C'est Baptiste Baudry.

Il tient renversé dans ses mains le flambeau de cuivre que la servante lui a donné
comme à tous les commensaux de l'auberge, et à la lueur de la chandelle qu'il
en a déplacée, il lime légèrement le dessous
de sa base et produit ainsi le bruit continu
et effrayant. Un morceau de papier reçoit
la fine limaille qui tombe,

Ce spectacle, tout en rassurant Urbain,
l'intrigue de la façon la plus piquante.

— Que fait cet homme, se dit-il, ou du
moins que veut-il faire?

Et il attend impatiemment la fin du tra-
vail; l'homme, au bout de quelques minutes, examine la quantité de limaille
amoncelée sur le papier, et satisfait, tire
d'un gousset un petit vase de fer du volume d'une coque de noix en guise de
creuset, y verse le cuivre limé et le suspend
au-dessus de la flamme de la chandelle. La

légère portion de métal bientôt se fond, se liquéfie avec un petit bouillonnement sourd. L'homme alors la coule dans un moule à charnière qui paraît de la même forme et du même volume qu'une pièce de monnaie, et achève de se déshabiller paisiblement.

Après un instant, il rouvre le moule refroidi, en tire un beau louis de vingt-quatre livres bien brillant et bien frappé, le fait disparaître ainsi que le creuset, et éteint sa chandelle qu'il a replacée dans le chandelier; lequel chandelier rétabli à son tour sur son pied, cache sa blessure d'ailleurs si légère et presque imperceptible.

Le froissement des matelas et l'ébranlement de la couchette annoncent que le singulier travailleur vient de se jeter sur son lit, et presqu'aussitôt un ronflement

4.

épais indique à son tour que le sommeil
ne s'est pas fait attendre.

Urbain se couche aussi, l'imagination
obsédée par la scène nocturne dont il vient
d'être le témoin, et pour le moment quelque peu distrait de sa lettre, de son voyage
et de ses réflexions.

Il put enfin s'endormir.

A ce moment, la voix rauque et pro-
longée du veilleur de nuit, criait dans la
rue sombre et déserte :

— Braboïs gens soun tres ouros !

JEANNE LA NOIRE.

LIVRE SEPTIÈME.

CHAPITRE V.

L'histoire de cette fille infortunée, dont l'esprit était égaré, m'avait sensiblement affecté.

STERNE.

Si j'ai forfait, je ne le devais mye,
J'en ai esté bien grièvement pugny,
J'en ai plouré mille fois en ma vie,
J'en ai gemie, hélas! j'en ai languy,
Encore pis il faut mourir.

BODOIS.

XVII.

Delphine.

―――――

Le lendemain, de bonne heure, Baudry se faisait servir dans la salle basse un excellent déjeuner, et annonçait l'intention de partir à l'ouverture de la foire.

Les yeux d'Urbain ne le quittaient pas un instant.

Les autres commensaux s'employaient activement aux préparatifs de vente ou de spectacle.

— La fille! disait doucement. Baudry, cette sauce est exquise! apportez-moi le dessert.

Il acheva tranquillement son repas et, prenant son bâton noueux, appela le maître ou la maîtresse de la maison.

Madame Rousset accourut.

— Comment! Monsieur part déjà? un jour de foire! Monsieur a donc de pressantes affaires? vous avez peut-être des connaissances dans la ville? des parens?

Baptiste Baudry, sans lui répondre, demanda combien il devait, et posa sur la table une belle pièce d'or toute neuve.

— Jésus! le beau louis! fit l'hôtesse; il

est de cette année? — Voici votre monnaie.

Le voyageur empocha et partit.

Urbain Cédar, enveloppé d'un long
manteau, le suivit. Une fois hors de la
ville, Baudry s'en étant aperçu se retourna.

— Jeune homme, quittez-vous aussi
Carcassonne?

— Peut-être.

— Décidez-vous, vous m'avez l'air d'un
franc garçon, nous ferons route ensemble.

— Je m'en garderais bien.

— Pourquoi?

— J'aime à connaître mes compagnons
de voyage.

— Je vous parais donc suspect?

— Plus que vous ne l'auriez voulu.

L'homme s'arrêta et jeta à Urbain un

regard qui semblait vouloir fouiller dans
sa pensée.

— Que voulez-vous dire?

— Que je ne saurais vous prendre pour
ce qu'on vous croit, et qu'il est inutile de
feindre avec moi. Les cloisons d'auberge
ne sont pas si épaisses qu'on ne puisse entendre au travers le grincement d'une lime
et le son de la fausse monnaie.

Baudry pâlit.

— Jeune homme, vous tenez la tête
d'un homme dans vos mains, et ce n'est
pas celle d'un grand criminel, la ferez-
vous tomber de gaîté de cœur? Un hasard
fatal vous a fait connaître mon secret, je
dois vous instruire des circonstances qui
atténuent ce que vous pensez peut-être
mériter la potence. Sans ressources et sans
état, je découvris, il y a neuf ans, le
moyen ingénieux de couler, dans un

moule que je fis moi-même, une pièce de
monnaie imitant parfaitement les louis d'or
du gouvernement, et depuis cette époque,
muni de ce moule, que je glisse dans la
semelle de mes souliers, et d'un léger creuset que je porte là, entre la doublure et
l'étoffe de mon surtout, je parcours la
France dans tous les sens, infatigable pé-
lerin, véritable juif errant, ne couchant
jamais dans le même lieu et répétant chaque soir, dans chaque auberge, l'opéra-
tion que vous avez sans doute vue ; le lendemain, je donne ma pièce en paiement
dans l'hôtellerie même où je l'ai fondue ;
afin qu'on n'en trouve sur moi que de bonnes en cas de soupçon ; je serre précieuse-
ment ma monnaie que j'amasse, et je pars
sur-le-champ pour ma sûreté, et pour que
mes faux louis, dispersés dans toutes les provinces, ne fassent éprouver que de légères

pertes à ceux qui les reçoivent. Quand je
suis maître d'une certaine somme, je la
place sur une des meilleures maisons de
banque d'Europe, et au bout de dix ans,
j'ai fixé cette époque, je serai à la tête
d'une honorable fortune, je n'ai donc
plus qu'un an à voyager... Jamais aucun
accident n'est venu me troubler dans mon
tranquille vagabondage; il n'est pas une
province, une ville, un hameau, un coin
de terre en France que je n'aie visité, et ma
vie aventureuse, dans ces récoltes de monnaie, d'observations, d'expériences, de
science des hommes et des choses, s'est écou-
lée paisible et presque gaie. J'ai tant vu et
tant appris! Voulez-vous me faire échouer
au port, et me perdre comme si j'avais
ruiné des familles? Combien font large-
ment ce que je fais en miniature, qui
jouissent de l'estime et de la considération

du monde! Et vous voudriez me mener au gibet! Je vous ai tout avoué, décidez de moi.

Urbain, sans prêter l'attention que mé-ritait le récit franc et singulier de cet homme original, répondit aussitôt.

— Que m'importe ce verbiage! — L'heure s'approche. — Ecoute! — Je suis maître de ton secret et de ta vie; je veux oublier l'un et te laisser l'autre; mais service pour service, engage-toi par ser-ment à remplir mes conditions.

— De quoi s'agit-il, mon maître?

Le jeune homme tira sa montre. — Je vais me battre; j'ai besoin d'un témoin, d'un témoin discret. Dans cette ville où je suis étranger, je n'aurais point trouvé l'homme qu'il me fallait; tu me suivras. Le hasard t'y a contraint en me révélant ta

condition. Ta tête me répond de ton silence et de ta soumission.

—Vous savez saisir la balle au bond, mon
seigneur; écoutez cependant. Si l'aventure
dans laquelle vous voulez m'embarquer,
devait amener des débats avec messieurs
de la prévôté, de fatigantes investigations
de leur part, et par suite quelque cruel
pélérinage au pied de dame potence, je
vous déclare que je commencerais par
courir la chance de vous brûler politesse.

— Je te jure sur l'honneur qu'il n'y
aura aucun péril pour toi à me servir de
second. Après cinq minutes de ce combat qui
doit avoir lieu à quelque distance de la
ville, tu reprendras en paix et sûreté ton
bâton et ta route, et si je survis, je ne te
verrai et ne parlerai de toi de ma vie.

— Ce duel doit cependant présenter
quelque cas bizarre, quelque circons-

tance aggravante, puisque vous craigniez
de ne point trouver de témoin.

— Faut-il tout t'apprendre, maudit
scrupuleux !

Pourquoi pas? j'en ai le temps et la
volonté. — Ton secret me garantit le mien
pour une heure. Au bout de ce temps,
que je sois mort ou vivant, il sera connu
de toute la province, et peu m'importe
alors que tu le gardes ou non.

Les deux hommes s'assirent sur un talus
d'herbe. Urbain se recueillit un instant
et commença.

— A quinze lieues d'ici, au fond d'une
de ses terres, est mort, il y a deux ans, un
brave gentilhomme qui vivait retiré et mo-
deste, avec deux enfans. Le frère et la sœur,
quoiqu'en âge d'être mariés, n'avaient point
encore pris parti, quand arriva ce funeste
événement. Ils s'aimaient beaucoup ces

deux enfans! L'un se nommait Xavier, et
l'autre Delphine; ils s'aimaient beaucoup,
disais-je, et lorsqu'ils se virent seuls au
monde, ils résolurent et firent le serment
de ne plus se quitter et de se tenir lieu
l'un à l'autre d'amis, de famille, de monde,
d'univers. Oh! ils s'aimaient beaucoup.
Aussi à part les larmes que leur arrachait
parfois les souvenirs du bon père, que
leurs récits évoquaient souvent dans les soirées d'hiver, sous le manteau de la cheminée de la grande salle; à part quelques
absences qui les séparaient à peine pour
quelques jours, le frère et la sœur me-
naient-ils dans leur vieux château la vie
la plus douce et la plus heureuse.

Un jour, jour de malheur et de bonheur,
dans une de ces absences, Xavier, à l'ame
belle et confiante, se lia pour je ne sais
quel service avec un officier du régiment

de Noailles, en garnison dans cette ville où nous sommes. Une amitié franche naquit entre ces deux jeunes gens, et désormais au vieux château la sœur eut deux frères ; je me trompe, bientôt la sœur eut un frère et un amant.

Albert de Bruyère, c'était le nom de l'officier, trois fois dans la semaine éperonnait son cheval jusqu'aux terres de son ami. Il y passait souvent plusieurs jours, et par une belle soirée, au milieu de la délicieuse solitude du parc, dans la douce et brûlante causerie d'un tête-à-tête amené par la confiance de Xavier, il dit à Delphine : je t'aime !

Delphine, timide, naïve, tremblante, à laquelle ce mot s'adressait pour la première fois sortant d'une autre bouche que de celle d'un frère, répondit aussi dans le trouble et le délire : je t'aime !

5.

Ils disaient tous deux vrai ; car Delphine croit encore à l'amour d'Albert, et Albert aura bientôt une terrible preuve de celui de Delphine.

Urbain Cédar s'interrompit, et consulta de nouveau sa montre.

— Encore trois quarts d'heure, soupira-t-il.

Baptiste Baudry attendait, vivement intéressé au récit.

Urbain continua.

— Les visites d'Albert au château devenaient tous les jours plus fréquentes, l'amitié de Xavier pour le jeune officier s'accroissait, et la passion vierge de Delphine s'alimentait dans une entière liberté.

L'intimité séduisante que son frère nourrissait avec joie et cordialité entre elle et Albert l'exaltait et l'enivrait par degré. Bientôt une correspondance secrète s'établit.

Plus tard, outre les affectueuses et fra-
ternelles promenades du soir, il y eut des
rendez-vous cachés et brûlans.

C'était ordinairement la nuit, au fond
du bois, sous les sombres feuilles des chênes,
où tremblait parfois un rayon de lune.

Là, attendait l'officier, là, venait Delphine à demi vêtue, les pieds nus sur la
fougère humide de rosée; là il y avait de
longs et tendres propos, des sermens, des
larmes d'amour et d'ivresse dévorées par
des baisers de feu.

Et le lendemain, les paysans crédules racontaient à la veillée qu'ils avaient vu de
leurs propres yeux un esprit, un fantôme
vêtu de blanc rôder dans les taillis du parc
de leur ancien seigneur :

Et les bonnes femmes, tournant leur
fuseau et hochant la tête, marmotaient.

— Quelque malheur menacerait-il ces

gentils enfans, monsieur Xavier, et sa
bonne et douce sœur? — Sainte-Vierge,
protégez-les !

La nécessité où se voyait Delphine de se
cacher à tous les yeux, surtout à ceux de
son frère, de son frère bien-aimé, la honte
qu'elle éprouvait et qui la forçait à baisser
les yeux devant lui, l'avertirent que sa
conduite était coupable. Je ne te dirai pas
combien elle se reprocha d'avoir ainsi
trahi la noble sécurité de Xavier, de ne
pas lui avoir confié ses sensations, à lui, son
frère, pour qui elle n'avait jamais eu un
mystère; mais où en étaient les choses, il
n'était plus temps. Il aurait peut-être fallu
se séparer d'Albert, et tous les remords,
tous les devoirs venaient se briser là. L'a-
mante avait tout-à-coup vaincu la sœur.
L'ame de Delphine était à Albert, et Del-

phine avait une de ces ames qui ne se par-
tagent pas.

Il y a trois jours, Xavier s'absenta du
château pour une partie de chasse projetée
avec des voisins, qui devait durer près d'une
semaine, et à laquelle Albert écrivit qu'il
ne pourrait prendre part.

Xavier partit seul.

Et le soir Albert s'introduisit dans le
parc avec les plus grandes précautions, et
vint rejoindre sa maîtresse.

Or, ce soir-là, le ciel était obcur, le vent
sifflait dans les chênes et les hiboux hur-
laient sur les vieux murs du château.

On eût dit qu'il allait arriver quelque
chose de funeste.

Il y avait cependant, sous le feuillage
sombre, de tendres propos, des sermens,
d'amoureux sourires et des baisers de feu.

Soudain l'orage éclata avec furie, la

pluie tomba à flots, et aux détonations
effroyables du tonnerre, des éclairs éblouis-
sans déchiraient par intervalle l'obscurité
des grands chênes, et les faisaient apparaître gigantesques, noirs, comme autant de
spectres hideux.

Delphine, faible, peureuse, frémissante,
presqu'évanouie, s'appuya sur la poitrine
d'Albert.

L'officier, instruit du départ de Xavier,
l'emporta dans ses bras et s'avança dans
l'ombre jusque sur la terrase du château.

Là, à quelques pieds du sol, une fenêtre
était ouverte.

L'orage redoublait; la pluie inondait. Le
léger vêtement blanc de Delphine, trempé
d'eau, s'était collé sur son corps, et glaçait
ses membres grêles et affaiblis.

Tout-à-coup des pas précipités se font entendre à quelque distance, on s'approche...

Albert escalade la fenêtre avec son fardeau et écoute...

Quelqu'un passe.

C'est le concierge qui vient de fermer la
porte du parc et qui s'en retourne en grande hâte à son logis, en sifflant un vieil
air.

Il repousse alors la fenêtre, pose sa maîtresse palpitante sur un sopha, et regarde
autour de lui.—Une lampe voilée par une
gaze éclairait mollement cette chambre
parfumée...

Je ne sais quel démon le conduisit, et
permit que cette chambre fût la chambre
de Delphine.

Ici, Urbain sembla combattre une vio-
lente émotion; il pâlit, mais ne pleura
pas, et reprit.

—A onze heures du soir, trois grands
coups ébranlèrent la première porte du

château, quelques lumières se mirent en
mouvement çà et là dans la première aile
du bâtiment.

La partie de chasse avait été empêchée
par le mauvais temps et Xavier revenait.

— Ma sœur est-elle couchée? demanda-
t-il au concierge.

— Monsieur, à dire vrai, je ne le pense
pas, car j'ai vu tout à l'heure encore de
la lumière à la fenêtre de la terrasse.

— Tant mieux!

Et le bon Xavier entra dans le vestibule, souriant déjà à la surprise de sa
sœur.

Albert était occupé en ce moment à ras-
surer sa maîtresse sur le bruit qu'ils
avaient entendus.

—Frayeur d'enfant et de femme, disait-
il; ce n'est point à la porte du château
qu'on a frappé; quelques planches, un ar-

bre poussé par le terrible vent qu'il fait...
et d'ailleurs, quand on aurait frappé à la
porte, n'est-ce pas le fils du concierge qui
termine à cette heure sa ronde de garde-
champêtre. — Xavier est à dix lieues,..

Pour cette fois, on frappa à la porte de la
chambre.

— Delphine, ouvrez! cria la voix du
frère.

Delphine tomba la face contre terre.

Les cheveux d'Albert se hérissèrent.

— Delphine, ouvrez! — Vous n'êtes
point seule!

L'officier égaré courut à la fenêtre, mais
une pensée lui monta au cerveau comme
un éclair; Xavier l'avait entendu, tout
était perdu, et il y aurait eu lâcheté à
abandonner Delphine à demi morte et
seule devant le courroux de son frère.

Il alla lui-même ouvrir la porte.

Xavier entra impétueusement, le saisit à la gorge, lui porta son flambeau au
visage et poussa un cri en le reconnaissant.

Il vit aussi sa sœur étendue à ses pieds.

Alors la lame de son couteau de chasse
lui échappa.

Il y eût un épouvantable moment de silence.

Xavier le rompit enfin d'une voix coupée de rauques sanglots, et s'adressant à
Albert, avec des pleurs de rage.

— Comte de Bruyère, je ne serai point
traître avec le traître, perfide avec le perfide, assassin avec l'assassin. — Je ne te
tuerai pas désarmé; je ne veux point
prendre ta vie aussi lâchement, aussi trai-
treusement que tu m'as pris mon honneur; nous nous battrons.

— Xavier, puisqu'avant toute explication tu m'insultes et me défies, je dois d'abord répondre en gentilhomme; nous nous battrons.

— Dans trois jours, à Carcassonne, derrière la cité, huit heures du matin, l'épée ou le pistolet.

— Bien, Xavier, bien; mais ta sœur....
Xavier cria d'une voix tonnante.

— Comte de Bruyère, retirez-vous!

Et il saisit fortement l'officier par le bras, l'entraîna dans la cour, lui donna son propre cheval et le conduisit jusqu'au-delà de la porte du château.

Urbain Cédar s'arrêta encore quelques secondes.

— Tout ce qu'il était possible de faire pour empêcher ce duel, Delphine l'a tenté; tout ce que la prière a de touchant et de pitoyable, elle l'a dit; tout ce que la menace a de plus extravagant, elle l'a essayé;

tout a été inutile; son frère a méprisé ses
menaces, rejeté ses prières, ri de ses larmes. — Ce duel aura lieu, aujourd'hui
même. — Mais, je te le répète, Delphine
est une femme singulière; son amour, son
malheur ont réveillé en elle un autre cœur
que celui d'une jeune fille craintive et
faible. — Delphine est une femme courageuse et forte maintenant, et on ne sait
point ce qu'elle pourra faire. — Cependant le duel doit avoir lieu aujourd'hui.
— Tu seras mon témoin ?

— J'ai donc l'honneur de parler à
M. Xavier, reprit Baptiste Baudry.

— Non, je suis Delphine! dit vivement le prétendu Urbain en le regardant
face à face.

Baudry, ébahi, joignit les mains et par-
courut des pieds à la tête son jeune compagnon.

En effet, mille indices qui ne l'avaient point frappé d'abord sous l'influence du costume masculin, l'assurèrent qu'on ne le trompait pas; ce visage blanc, rose, imberbe, ces mains délicates et effilées, cette taille exiguë, ce timbre de voix argentin; tout le persuada.

— Je suis Delphine, reprit la jeune fille, — La maîtresse d'Albert et la sœur de Xavier. — Tu t'étonnes! — Ne t'avais-je pas dit que Delphine était une femme singulière, forte et courageuse? — Voici ce qu'elle a entrepris pour dénouer ce drame, et conjurer le sort qui demande la tête de son frère ou de son amant! Voici ce qu'elle a fait pour être seule atteinte des épées qu'elle seule a fait sortir du fourreau.

Alors seulement la femme se montra; Delphine, vaincue, épuisée, enfin pleura.

Puis elle se ranima, et dit avec un sourire d'une céleste mélancolie.

— Au nom d'Albert, rappelons-nous que je suis homme. — Je dois montrer un courage d'homme pour le sauver.

Elle reprit.

— Je suis parvenue à faire tenir au comte de Bruyère une fausse lettre qui change l'heure du rendez-vous; mon frère m'a laissée seule depuis deux jours, sans doute pour régler quelques affaires et se rendre ici au jour et à l'instant désignés par lui-même; il m'a fallu deux heures pour me préparer des papiers et des habits.

Ce disant, elle entr'ouvrit son manteau et montra un riche uniforme d'officier des dragons de Noailles.

— Je l'ai suivi, je suis arrivée hier en cette ville où, pour plus grande précau-

tion et plus grand incognito, je me suis en-
rôlée parmi les comédiens avec lesquels tu
m'as vu aujourd'hui...

Baudry, à peine revenu de son étonnement, l'interrompit.

— Eh bien, aujourd'hui, je suis votre
témoin... que signifie... une femme...

— Laisse-moi achever; rappelle-toi que
cette femme peut te faire pendre si tu
dis un mot ou si tu résistes. — Aujour-
d'hui, Xavier se trouvera au rendez-
vous à huit heures; Albert n'y sera
pas, mais j'y serai, moi, et je me ferai
tuer à sa place. — Comprends-tu maintenant? — Voilà pourquoi je remercie le ciel
de t'avoir rencontré; voilà pourquoi tu seras mon témoin, de gré ou de force.

Delphine, exaltée, bouillante, fixait le
vagabond avec des yeux de feu où se pei-
gnaient à la fois toute la violence de sa

passion, toute l'énergie de sa résolution,
et toute la résignation héroïque qu'elle
apportait à sa démarche désespérée.

Baptiste Baudry, qui ne comprenait
guère l'amour, et surtout l'amour d'une
femme comme Delphine, douta d'abord
qu'elle jouît du plein exercice de sa raison.

Ce calme, ce sang-froid, cette présence
d'esprit, au moment de l'exécution d'un
semblable projet, au lieu de le frapper
d'admiration pour cette femme, le portait
à croire qu'elle était folle.

— D'ailleurs, pensait-il, ne fût-elle pas
réellement folle à lier, la conception d'un
tel dessein, et cette fermeté extraordinaire
pour un être faible comme une jeune fille,
dans l'exécution, ne prouvent-elles pas un
cerveau romanesque et extravagant, et
par conséquent détraqué? N'importe, cette
enfant, comme elle le dit, peut me faire

pendre, et pour le moment, je dois me soumettre à mon étoile qui m'a livré à elle,
quitte à saisir la moindre occasion...

Pendant ce monologue mental, Delphine, la tête penchée dans ses mains,
donnait aussi quelques minutes à une mé-
ditation profonde et suprême.

Puis, soudain, elle se leva et fit un signe.

— Il est temps. — Marchons!

CHAPITRE VI.

Il succombe, et blessé d'un coup trop assuré,
Se roule, se débat, sanglant, défiguré,
Cherche encore de l'œil l'humble toit de son père,
Et tourmentant sa voix pour appeler son frère,
   Lui pardonne des yeux et meurt.

                              GILBERT.

VI.

La Cité.

———◆———

Delphine et Baudry étaient sortis de la
ville par la porte des Jacobins, et devaient,
pour se rendre à la cité, longer les remparts

déjà bordés d'une multitude de muletiers et de marchands forains.

Avant d'arriver à l'un des deux bastions qui regardent le faubourg, Delphine, soigneusement enveloppée dans son manteau, s'arrêta au milieu de la foule, vis-à-vis les fenêtres basses d'une maison, d'où s'échappait un bruit joyeux de festin, de verres choqués et de chants.

Baudry qui la suivait, la vit pâle, immobile. Il s'arrêta et porta aussi les yeux sur les fenêtres.

Douze jeunes officiers déjeûnaient gaîment, assemblés autour d'une table où circulaient des flacons poudreux et pétillans.

Quelques uns de leurs propos arrivaient au-dehors mêlés à des rires et des éclats.

— Cordieu ! chevalier, je suis d'avis que nous commençons mieux la fête foraine que ces manans qui se morfondent dans la rue et qui font un signe de croix au premier chaland que Notre Dame leur envoie! — Mieux vaudrait se signer à chaque rasade de ce vin de Limoux.... C'est un profit plus solide. — A boire, d'Héronville ?

— Messieurs, le mieux loti de nous tous sans contredit, pour les plaisirs de la journée, — c'est Bruyère, qui doit faire suivre le déjeûner d'un bon coup d'épée.

— Donné ou reçu !

— Excellent dessert!

— Il n'en a pas l'air plus gai.

— Bien au contraire, c'est peut-être ce qui le fait rêver depuis ce matin.

— Qui a dit cela ? dit en se levant un jeune homme blond, le teint pâle, les cheveux bouclés ?

Delphine chancela.

— Du duel qui doit avoir lieu ce matin,

la cause seule m'attriste.—Le coup d'épée vous le savez, n'est qu'un jeu pour nous.

— Eh bien! comte, ton rendez-vous est pour neuf heures, je crois. — A demain les réflexions. — Tout-à-l'heure les bottes et les parades. —Songe au plus pressé, et bois pour te mettre en colère; car depuis que nous sommes à table tu joues la statue au festin de Pierre.

— Tu as raison, chevalier, je suis trop de sang-froid pour aller me battre : il y aurait désavantage pour mon advervaire. — Voici mon verre.—Je vous fais raison, camarades.

On versa tant et si bien au comte de Bruyère, qu'il s'anima par degré et se monta au ton de folie des convives.

Le bruit, la gaîté s'accrurent, et on ne distingua plus une parole dans le vacarme assourdissant des officiers.

— Chante et ris, murmurait Delphine;
chante et oublie, Albert.—Je me souviens
pour toi. — Ton adversaire t'attendra en
vain, — Mais Delphine sauvera ton honneur et ta vie! — Peut-être crois-tu qu'une
légère blessure, un peu de sang suffira
pour laver l'affront de mon frère, abreuver
sa vengeance et me rendre un peu de repos!
— C'est pourquoi tu es gai et confiant. —
Mais, malheureux, si tu le tuais, ou s'il te
tuait! — Oh! non, moi! moi! moi mortel
tout est fini! Vous vivrez tous deux! D'ailleurs j'espère aussi... — S'il me blessait. —
Le sang de sa sœur le satisferait et le
supplierait peut-être plus que le tien; —
et alors aussi tout serait fini. — Adieu,
Albert, adieu. — Si je meurs, adieu.

Elle fut contrainte de s'appuyer au tronc
d'un arbre, et y demeura quelques minutes
sans force.

Baudry qui avait, comme Delphine,
attentivement écouté et observé l'intérieur
de la salle des officiers, s'était senti cruellement ému, et il y avait en effet dans cette
scène je ne sais quoi d'horrible et de déchirant.

Cette jeune fille, cette enfant qui se préparait à la mort pour sauver son amant,
et qui venait à son insu lui faire des adieux
muets à la table d'une orgie.

Cet officier qui la croyait si loin, et qui,
espérant bientôt finir ses peines, se livrait,
confiant et paisible, aux jeux de ces jeunes
fous.

Ces minutes qui s'écoulaient, courtes,
précieuses, pour l'un dans la joie d'un festin, pour l'autre dans une amère agonie.

Cette heure fatale du rendez-vous qui
s'approchait et qui allait passer, paisible,

indifférente pour le brave officier, mortelle pour sa faible et belle Delphine.

Oh ! cela était en effet horrible et déchirant !

Aussi Baudry apitoyé, le cœur saignant et gonflé, pendant l'affreux instant d'inertie et d'éblouissement de la jeune fille, écrivit-il à la hâte quelques mots au crayon sur un mince feuillet et les posa-t-il avec une pièce d'argent dans la main du premier croquant qui passa.

Ce mouvement dura si peu et s'opéra si adroitement, qu'il échappa complètement à Delphine, qui d'ailleurs, sous le poids d'une accablante émotion, les yeux voilés, la tête penchée, était incapable de rien voir et de rien entendre.

La cloche de Saint-Michel sonna.

Ce tintement subit l'électrisa; elle se réveilla et se dressa tout-à-coup, comme les morts se dresseront aux éclats de la trompette de l'Archange.

Elle se retourna vers Baudry brûlante et folle.

— Je n'ai plus qu'un quart d'heure. — Viens! viens! et elle l'entraîna vers le faubourg.

Ils le traversèrent rapidement, encombré qu'il était de voituriers et de charrettes.

Arrivés à la côte de la cité, ils la montèrent ardemment, et se trouvèrent en quelques minutes sur un plateau désert, abrité par les sombres tours de la vieille-ville, et qui dominait les riantes campagnes des environs.

Là, deux hommes attendaient.

Avant qu'ils pussent aisément la distinguer, Delphine se couvrit le visage d'un masque noir.

Quand elle fut à distance :

—Comte, cria Xavier, je vous ai précédé et vous paraissez avoir eu la même intention; nous voici tous deux avant l'heure.... Mais que signifie ce masque?...

— Monsieur, répondit Delphine, d'une voix calme, contrefaite et assurée, je ne suis point le comte de Bruyère que vous attendez; je suis son plus grand ami. Retenu par une affaire où il va plus que de sa vie, plus que de sa vie, entendez-vous, il m'a donné sa place; s'il n'est point ici à l'heure dite, c'est moi qui deviens votre adversaire.

— Je n'entends point ce chevaleresque arrangement; ma haine et mon épée en veulent au comte de Bruyère, et non à un aventurier masqué; le comte de Bruyère est aussi lâche dans ses réparations que dans ses perfides offenses.

— Monsieur, voici l'habit que porte l'aventurier.

L'inconnu laissa tomber son manteau,
et ses broderies militaires étincelèrent au
soleil.

— Quant au comte de Bruyère, je le
tiens tellement pour homme d'honneur
que moi, gentilhomme, je lui prête mon
épée; je ne tiens pour lâche que celui qui
refuse de m'opposer la sienne.

— Ces paroles, vaillant paladin, nous
mettront face à face, quoi qu'il arrive. Que
le comte paraisse ou se cache, une rencontre aura lieu.

Et les quatre hommes qui se trouvaient
réunis sur le plateau attendirent patiem-
ment.

Il était huit heures moins trois minutes.
Baptiste Baudry, inquiet, troublé, tournait
de temps en temps la tête vers le bas de la
côte et le chemin de la ville.

L'inconnu, ému par je ne sais quelle crainte, s'impatientait et s'agitait.

Huit heures sonnèrent.

Baudry tressaillit, et regarda encore vers le chemin de la ville avec un soupir douloureux

L'inconnu s'élança vers Xavier.

—Monsieur, je suis à vos ordres, lui cria ce dernier. — Vos armes seront celles du comte?— Oui monsieur.

— L'épée?

Nouveau signe affirmatif.

Les deux adversaires mesurèrent leurs lames et se mirent en garde; les témoins demeurèrent muets.

L'un, le valet de Xavier, examinait ces apprêts d'un œil indifférent; mais Baudry sentit son sang se glacer, quand il vit une épée nue et luisante dans les mains de chaque champion.

Dix fois il fut prêt à se jeter entre eux
pour retarder l'attaque; mais il s'arrêtait,
faute de prétexte, d'excuse, de moyen, et
ses yeux interrogeaient encore le lointain
du chemin.

A un signal, les fers se croisèrent.

Xavier, persuadé qu'il frôlait l'épée d'un
bretteur expérimenté, envoyé à dessein
par le comte de Bruyère, réunit tout ce
qu'il avait de prudence et d'adresse, et se
tint d'abord sur une rigoureuse défensive.

L'arme de son adversaire vacillait ma-
ladroitement, et laissait sa poitrine découverte.

Convaincu que ce manége était une
feinte adroite et neuve, le frère de Delphine
n'en tint compte et continua sa parade
avec la plus stricte circonspection.

Les bras demeuraient tendus, les yeux
fixes, les lames collées.

Enfin, deux fois Xavier, pour éprouver le jeu de l'inconnu, lui rabattit sa lame, deux fois, cette lame se releva molle et inhabile.

— Monsieur, vous n'avez jamais manié cette arme.

— Que vous importe!

— Je veux me battre et non vous assassiner.

— Prenons-en d'autres, dit précipitamment l'inconnu, car il avait grande hâte.

— Vous plaît-il du pistolet?

— Soit, monsieur, dépêchons.

— Voici les miens.

Baudry voulut parler, les ongles de l'inconnu s'enfoncèrent dans la chair de son bras.

— Témoins, dit Xavier, mesurez-nous vingt cinq pas. — Il se tourna vers son adversaire: Votre volonté?..

— Est la vôtre, lui fut-il répondu brièvement.

Les témoins se mirent en devoir, et Baudry apporta dans tous ces préparatifs une lenteur désespérante pour l'inconnu, qui l'excitait et le poussait du geste; mais point : Baudry mesurait deux fois chaque pas, écartait chaque caillou, et s'interrompait à tout instant pour regarder au loin.

— Au nom du ciel, misérable, hâte-toi, cria l'homme masqué !

Et Baudry, à peine distrait par cette voix de rage et d'impatience, fixait un point sur le chemin de la ville, et des gouttes de sueur coulaient de son front, car il avait mesuré les vingt-cinq pas.

Devançons son coup-d'œil perçant, et apprenons ce qu'il pouvait chercher sur la route poudreuse qui mène de la ville basse à la ville haute.

A la fin du bruyant déjeuner des officiers, au milieu du dévergondage militaire du dessert, on ne parlait plus, on ne s'entendait plus, on chantait des refrains de caserne, on criait, on brisait les plats et les flacons, on riait fort et haut, on avait de ces besoins de gaîté emportée que traînent avec elles les vapeurs du vin, et qui s'assouvissent sur l'objet le plus sérieux ou le plus indifférent.

A ce moment de déraison et de raillerie, apparut dans la salle une grosse tête de paysan, joufflue, rebondie, avec des yeux bêtes et écarquillés et des cheveux taillés carrément sur le front, selon la naïve mode du moyen-âge.

Il y eut parmi les convives un éclat de rire général et fou.

On toisa le nouveau venu.

Le paysan demeura interdit, niais, im-

mobile, en face de la nombreuse assistance,
un papier à la main.

— Voici un convive que nous n'atten-
dions pas, cria un lieutenant.

— C'est le vicomte des Trois-Moulins.

— Ou le seigneur du Pas-de-l'Ane.

— Paix! Messieurs; n'intimidez pas ce
brave garçon, et qu'il explique le sujet de
sa visite.

— C'est juste! qu'il s'explique, où on va
lui faire avaler douze verres de rhum pour
le mettre en appétit.

— Puis, on le bernera pendant trois
quarts d'heure sur ce tapis pour lui faire
faire la digestion.

— Silence! Messieurs. — Mon ami, que
demandes-tu?

Le paysan hébété tendit son billet.

L'officier lut l'adresse et le nom du

comte de Bruyère, et indiqua au messager un autre de ses camarades.

Le paysan fit le tour de la table, et l'officier qu'on lui avait désigné lui désigna à son tour un autre convive.

Ces étourdis l'envoyaient d'Hérode à Pilate.

Et à l'instant huit heures sonnaient, et à l'instant deux épées se froissaient derrière les tours de la cité, et à l'instant Delphine présentait sa poitrine aux coups qu'eût dû parer Albert.

— Mon ami, répliqua le dernier officier, que demandez-vous? parlez à Monsieur.

Vint le tour du comté de Bruyère.

— Que me voulez-vous?

— *Moussu acos un fulliet.*

— Cela ne me regarde pas ; passez outre.

— Mais, répliqua un capitaine, sais-tu

bien, Bruyère, que c'est en effet à toi-mê-
me qu'est adressé le billet.

— Il y a conscience, dit un autre, à
traiter de la sorte une missive amoureuse
sans doute et peut-être pressée.

— En ce cas, reprit nonchalamment Albert, donne-moi ce billet, rustre!

Il lut la suscription.

— C'est bien mon nom.

Et il ouvrit le billet.

Soudain il s'élança de son siége en poussant un rugissement étranglé.

— Ah! Delphine! Delphine! c'est affreux! Messieurs, suivez-moi! des épées,
des témoins, le rendez-vous! pour huit
heures!.... Delphine! courons! venez, elle
va mourir!

Les officiers, ébahis et effrayés à la fois
de cet accès frénétique de leur ami, occa-
sioné sans doute par une terrible cata-

strophe, s'élancèrent après lui; car, serrant son épée contre sa poitrine, il était déjà sorti de la maison.

Ils le rejoignirent sur le chemin de la cité, où il courait comme un fou, et l'escortèrent; et les bons habitans du faubourg, en voyant passer un groupe d'hommes en uniforme, haletans, exaspérés, crurent que des nuées de guérilleros allaient fondre sur la ville.

Albert et ses témoins, parvenus au haut de la côte, purent voir au loin, sur le plateau, deux hommes en face l'un de l'autre, s'ajustant au pistolet.

Albert cria d'une voix déchirante et désespérée:

— Delphine! Delphine!

Baptiste Baudry, le dos tourné aux adversaires, agitait vers lui son mouchoir blanc.

Les officiers épuisés coururent avec un dernier et puissant effort.

Le comte de Bruyère les précédait, bondissant et échevelé.

— Delphine!

Deux coups de pistolets lui répondirent en écho.

Il poussa un cri horrible.

Le mouchoir de Baudry ne flotta plus.

Xavier et Albert se rencontrèrent auprès d'un cadavre masqué.

L'officier arracha le masque.

L'un reconnut sa sœur et l'autre sa maîtresse.

Une heure après, Baptiste Baudry était à une lieue et demie de Carcassonne, pensif, agité, et arpentant vaillamment les chemins de son bâton noueux.

Au dénouement de cette aventure, il avait éclairé Albert et Xavier du peu qu'il savait, et avait profité de l'égarement qui s'en était suivi, pour s'éclipser le plus promptement possible.

Maintenant, il accélérait sa marche pour échapper à toute autre investigation sur son compte, et fuyait la solennité annuelle qui se préparait à Carcassonne.

Car, si l'on ne l'a pas oublié, il y avait ce jour-là grande fête à la ville.

CHAPITRE VII.

C'est à la foire de Cuningham que j'ai rencontré celui-ci.

Burns.

J'ai d'un grand solliciteur
Raidi l'épine dorsale ;
Aux pièces de B..., l'auteur,
J'ai souvent rempli la salle ;
A deux bons époux de Paris
J'ai sauvé le mal commun aux maris,
Et bientôt l'Europe vassale
Sera libre par mon orviétan.
— Oh ! le charlatan !

Vaudev' le.

VII.

Un jour de Foire.

―――――

Il n'é tait que neuf heures du matin, mais la foire était dans tous son éclat et toute sa pompe; les allées d'arbres qui bordent

les remparts et les bastions de Carcassonne abritaient des bandes de Gitanos,
campés, assis, accroupis auprès des larges
chaudières où ils préparaient leurs ignobles
ragoûts de chiens, de chats, et de sales
légumes, couchés parmi des bagages, des
paquets, des enfans, des bestiaux, en attendant le moment d'exercer leurs diverses
industries dans la foule des marchés.

A l'intérieur de la ville, les rues étaient
encombrées d'étalages, de marchandises,
de flots de peuple, vendeurs, acheteurs,
colporteurs, troupes de joyeux paysans
qui se promenaient gaîment la flûte aux
lèvres, les doigts garnis de bagues de verre
destinées à leurs maîtresses, avec des
chants, des rires, et le bruit discor-
dant de leurs sifflets.

Partout des comptoirs et des marchands; jusqu'aux enfans de chaque mai-

son, qui, sur une petite table dressée devant leur porte, vendent à leurs camarades, des hochets et des joujoux.

De distance en distance, des tréteaux pavoisés de banderoles supportent quelque grotesque personnage qui divertit la multitude par l'explication des phénomènes et curiosités que son maître expose, prévient qu'on ne paye qu'en sortant, puis descend de l'estrade, et, au bruit d'une musique à fendre le timpan, pousse à coups de pieds, à coups de poings, les paysans ébahis au fond de sa loge sans leur laisser le temps de la réflexion et hurlant à tue-tête.

Entrez, Messieurs, Mesdames! c'est l'instant! c'est le moment! si vous n'êtes point contens et satisfaits vous ne donnerez rien en sortant: nous ne demandons que l'honneur de votre présence!

2.   8

Plus loin, au milieu de la grand'rue, une longue corde, solidement attachée à deux fenêtres opposées, balance au-dessus de toutes les têtes, à une hauteur de trente pieds, un acrobate souple et aérien qui s'y pend, s'y tord, s'y plie, grimpe, roule, tourbillonne, monte, et redescend. — Tout-à-coup sa main glisse; — la foule pousse un cri d'horreur, — puis un cri d'admiration! car le voltigeur Capriolini, — c'est bien lui! a feint de se laisser tomber et s'élance, triomphant, glorieux, planant gracieusement avec sa veste à paillettes qui rayonne au soleil.

Sur la place, c'était un autre spectacle : la foule y est tellement épaisse, le bruit tellement assourdissant, qu'il est presque impossible de s'y entendre et de s'y promener. On trébuche, poussé, heurté, à des tas de denrées étalées à terre sur des tapis: on vend ainsi à bas prix d'énormes quantités de ces flûtes grossières, consacrées ce jour-là par je ne sais quel usage bizarre; et là, chacun se baisse et choisit à l'envie; car le moyen d'aller à la foire sans en rapporter une flûte?

C'était vraiment un charmant coup-d'œil que cette multitude bruyante et bigarrée, avec sa vivacité méridionale, ses gestes prompts et expressifs, et sa vieille langue romane qu'on flétrit du nom de patois; cette multitude pittoresque et variée, parmi laquelle on distinguait la résille du Catalan, le froc du moine, le bonnet de laine rouge d'esperaza, la livrée des valets de ville, la *capo floucado* du pâtre de la montagne noire, et, çà et là le coutelas et la mine sauvage des Gitanos.

Dans cette foule, on rencontrait encore à chaque pas, deux sombres figures en-

8.

sevelies sous de larges chapeaux et de longs
manteaux, qui marchaient sans relâche,
semblaient se multiplier, et sondaient
tous les groupes de leurs yeux luisans et
scrutateurs.

C'étaient la Jano-Negro et Mateo-le-Muet.

Au milieu de la place, une trompette
rouillée et une grosse-caisse vigoureuse-
ment exploitée par deux robustes gaillards,
avaient peine à dominer le mugissement
continu, et à attirer l'attention de la
foule sur un homme brillant d'or et de
galons, en chapeau à longues plumes, la
rapière au côté, la poitrine chamarrée de
rubans d'éclatantes couleurs, et monté sur
un pauvre cheval efflanqué qui le soute-
nait immobile.

Peu à peu, cependant, les musiciens furent récompensés de leur zèle herculéen
par la plus nombreuse et la plus recom-

mandable assistance ; ils cessèrent alors leur diabolique symphonie, et l'auditoire attentionné fit silence.

Le cavalier se découvrit et salua avec prestance à droite et à gauche.

— Estimables habitans! je ne me serais point présenté dans cette ville, si je m'y étais cru tout-à-fait inconnu ; mais ayant la certitude que, dans l'honorable société qui m'environne il n'est point une personne qui n'ait entendu parler du renommé San-Marco di Baluffa, premier médecin du grand Ara-Aka-Mussen, scheik de la tribu arabe Ah-El-Makareh, je suis venu sans crainte, fort de mes succès et de ma réputation. Les décorations que vous voyez sur ma poitrine sont les témoignages les plus authentiques de l'hommage rendu au mérite par les plus puissans souverains de l'Orient. Le roi de Perse

m'a nommé chevalier de l'ordre de Sta
Brama, pour avoir eu l'honneur de guérir
la sans-pareille Zulmé, sa sultane favorite,
d'une fistule lacrymale à l'anus, le tout
sans la voir ni lui tâter le pouls, licence
qui m'aurait sans nul doute fait empaler.
L'empereur de l'île Tumkmadar m'a donné
le cordon du singe bleu, faveur très-estimée
dans le pays. Un prince algonquin m'a
fait membre de la grande caste des Kury-
Olibris ou peleurs de crânes, aristocratie suprême, pour l'avoir sauvé d'une indiges-
tion occasionnée par un salmis de seins de
femmes; car ces peuples naïfs, et non cor-
rompus encore par la civilisation, ont la
fâcheuse habitude, voyez-vous, de manger leurs esclaves et leurs prisonniers de
guerre. Ces cures merveilleuses n'ont pas
été moins lucratives qu'honorifiques; je suis
revenu de ces contrées chargé de plus-

tres , de quadruples et d'objets précieux; aussi n'est-ce point la nécessité
qui me fait venir sur cette place.

Ici l'orateur tira de son porte-manteau
une petite fiole pleine d'un corps gras et
l'éleva au-dessus de sa tête.

—J'ai mis dans mes voyages la dernière
main à un dictame sans égal, un onguent
miraculeux qu'on peut placer au rang
des plus belles découvertes de ce siècle;
une parcelle de cet onguent, introduite
dans l'oreille la plus sourde au moyen de
la tête d'une épingle, ou simplement du
bout du doigt, lui rend à l'instant et sans
retard le moindre son perceptible. Amenez-
moi des sourds, des sourds désespérés, des
sourds de dix ans, des sourds de vingt ans,
des sourds de naissance! je me charge
de leur faire entendre raison. Une parcelle
de cet onguent sur le cor le plus déve-

loppé, le plus étendu, le plus coriace, le
déracine, et l'extirpe ! Je ne m'étendrai
pas, comme le font d'effrontés charlatans
qui tous les jours abusent de votre confiance, sur les désagrémens d'être sourd ou
d'avoir des cors; tout le monde est d'accord là-dessus. Je me bornerai à inviter
les personnes qui jouiraient de ces in-
commodités à faire usage de mon onguent. Pour la surdité, prenez mon onguent!
pour les cors aux pieds, prenez mon onguent! et de plus pour les dartres, prenez
mon onguent ! pour les scrofules, prenez
mon onguent! pour toutes les affections
de la peau, prenez mon onguent ! Mais,
sans contredit, l'effet le plus surprenant,
le plus inouï, des aromates bienfaisans qui
le composent, et dont j'ai fait une liqueur
huileuse pour ce dernier emploi, est celui
qu'ils opèrent dans le corps des enfans que.

les vers tourmentent.—Les vers! Messieurs,
Mesdames, les vers! voilà le fléau qui détruit l'espoir des familles ! voilà le ver
rongeur de votre sécurité! Mères, vous
m'entendez ! mon huile détruit, étouffe ces
vers! Les enfans, avec mon antidote, les
rendent morts ou vifs. J'en ai fait mille
expériences presqu'incroyables ; j'ai moi-
même extrait du corps d'une innocente
victime un de ces animaux malfaisans
qui avait quatorze aunes de long, et que
j'ai conservé dans un bocal. — Le voici !
tout le monde peut le toucher et l'exami-
ner. — Si je viens sur la place publique
pour faire connaître cette précieuse composition, c'est que j'ai senti qu'en restant
au coin de mon feu, le peuple ne profi-
terait pas de ce bienfait. Ce n'est point, je
le répète, la nécessité ni l'avidité de gain ;
car, Messieurs, je ne la vends pas cette huile

incomparable ; non, Messieurs, je ne la
vends pas, je la donne.—Si je la vendais, des
trésors ne suffiraient pas pour la payer. Je
la donne ; — seulement je prendrai la liberté de vous prévenir que je perçois un
droit de douze sols par fiole, pour les
menus plaisirs de mes domestiques et les
frais de port ; ceci vous paraît sans doute
fort juste. — A douze sols donc la fiole ! —
Demandez, faites-vous servir !

La musique reprit de plus belle.

Une rumeur confuse agita la foule ; mais
aucun acheteur n'avançait.

Une voix sortit tout-à-coup d'entre les
rangs pressés.

Oh ! hé ! — Une fiole par ici !

Un mouchoir alourdi par une pièce d'argent tomba aux pieds de l'empirique.—
On y va !

La fiole et la monnaie passèrent de mains

en mains pour arriver au demandeur.

— Ah! c'est monsieur Rousset, dit-on.

— L'aubergiste du Tapis-Vert?

— Ma foi, oui!

— Comment M. Rousset, cette drogue peut-elle vous inspirer de la confiance?

— Vous croyez ce que dit ce muscadin?

— Le digne homme! dit l'aubergiste d'un air pénétré, il m'a sauvé trois enfans à l'agonie!

— Oui dà?

— Trois enfans à demi morts!

— Je te le disais bien, Bertomieu, que ces onguens ont des vertus.

— Je vous en réponds! reprenait le plaisant M. Rousset, et que, Satan me grille! on ne sait pas ce qui peut arriver, je ne reverrai peut-être plus ce médecin du ciel, — Oh! hé! — encore une fiole!

— Qui en demande là, disaient des

bonnes femmes? — c'est M. Rousset, répon-
dait-on.

Et, comme l'aubergiste passait pour une
des fortes têtes et des mieux avisées de
l'endroit, on entendait chuchotter de tous
côtés

— Ce doit être bien bon!

— Il n'y a qu'à gagner avec ce remède.

— Holà, par ici!

— Une fiole pour moi!

— De ce côté!

— J'ai mon petit Jacounel à toute extrémité, donnez-m'en une aussi.

— Vous vous en êtes donc parfaitement
trouvé? M. Rousset.

— Ne m'en parlez pas. Vous savez que
lorsqu'il s'agit de la santé d'un enfant on
sacrifierait tout. — Et corbleu! il faut que
j'en fasse provision. — Hem! hem! deux
fioles de plus!

— Il faut alors que j'en prenne aussi.

— Bien vous ferez.

Et le fameux San-Marco di Baluffa avait à peine le temps de débiter des fioles et des onguens pour toutes les pièces de douze sols qu'on faisait pleuvoir autour de lui.

Tout-à-coup un cri de femme effraya l'assemblée.

— Madame Saint-Phar ! ma mignonne ! réclamait un petit homme affaissé sous le poids d'une sèche créature, qui faisait tous ses efforts pour s'évanouir; qu'avez vous donc? elle pâlit, elle tremble ! pour Dieu, elle se trouve mal; secourez-là !

—Soutenez-la, Saint-Phar, dit Dorothée en s'avançant, car tous les comédiens réunis parcouraient ensemble la foire, ou plutôt laissez-la dans mes bras, et procurez-vous des sels. — Qu'as-tu donc, ma chère ? qu'est-ce qui te prend ?

Madame Saint-Phar rouvrit les yeux, et sans égard pour les personnes qui l'entouraient, sans même s'assurer que son mari s'était éloigné, s'écria en montrant le poing à l'intrépide San-Marco di Baluffa.

— Le monstre ! — Ne le reconnais-tu pas, Dorothée, c'est mon prince russe ! le prince Ogroboulinski ! le scélérat qui m'enleva à Grenoble, et m'abandonna quatre lieues plus loin dans une auberge où je fus obligée de laisser une garde-robe magnifique en paiement ; c'est lui ! ciel ! qui l'eût dit ?

— Qui l'eût cru ! ton prince russe, un charlatan ! Quelle école !

— Quelle horreur !

Le monde s'amassait autour des deux comédiennes, et déjà quelques regards se tournaient vers le débitant de fioles, quand soudain ce dernier, aidé d'un coup-d'œil du rusé hôtelier, sourit aux dames de la façon la plus agréable, et leur fit passer de sa marchandise, afin que les paysans, qui n'entendaient pas leur français, se méprissent sur le vrai motif de leur algarade; il donna en même temps un signal aux musiciens, qui commencèrent aussitôt un infernal tapage, et ensevelirent ainsi toutes les clabauderies.

M. Rousset, de son côté, circonvient les actrices, les assourdit de ses empressemens, et parvient à les décider à rentrer avec lui à l'auberge; car il est quatre heures, et le spectacle, dans lequel elles doivent faire merveille, est annoncé pour six heures et demie.

CHAPITRE VIII

2.

Le poète, le romancier, le comédien vont au cœur d'une manière détournée.

DIDEROT.

VIII.

Le premier acte.

La salle de spectacle de Carcassonne
qui, lorsqu'elle n'était pas occupée par
des acteurs et un public, servait d'écurie

9.

aux loueurs de mulets, regorgeait ce soir-
là jusqu'aux combles.

Tous les paysans et métayers, que la
foire avait gratifiés de quelque honnête bé-
néfice, ne voulaient pas rentrer à leur métairie sans pouvoir conter à leurs femmes
et à leurs enfans, dans les longues veillées
d'hiver, qu'ils étaient allés une fois à la
comédie. On les voyait par groupes dans le
parterre, éblouis, étonnés, debouts, selon
l'incommode coutume qui subsiste encore
maintenant dans la plupart des théâtres de
province, et mêlés à la railleuse et bruyante
jeunesse du pays.

La représentation devait être fort cu-
rieuse. Une longue pancarte, affichée à tous
les coins de la ville, avait annoncé que
des acteurs de Paris du premier mérite,
aidés par des amateurs d'un rare talent, devaient, pour la première et dernière fois,

jouer *Thomas Morus, ou le Triomphe de la foi et de la constance devant le vice vaincu et forcé de reconnaître ses torts,* tragédie en cinq actes et en prose, et *M. de Pourceaugnac,* comédie du célèbre M. de Molière.

Les noms des amateurs, couchés en grosses lettres au bas de cette affiche, pompeusement accollés à ceux des artistes, avaient éveillé toutes les curiosités. Aussi tous les coins et recoins des galeries étaient-ils envahis; aussi les têtes qui pavaient le parterre se resserraient-elles de plus en plus; car M. Saint-Phar qui en ce moment remplissait ses fonctions de caissier, aurait plutôt consenti à étouffer trois chrétiens qu'à refuser le prix d'une nouvelle entrée; et, à son compte, il y avait encore soixante places à donner.

Une nouvelle troupe de paysans se présente à la porte du parterre. Ces pauvres

montagnards, intimidés, enivrés de tout ce
bruit, ce monde, ces lumières, portent
simultanément la main à leurs chapeaux,
et il en est plus d'un qui, le bras étendu,
cherche à droite et à gauche le bénitier
pour se signer dévotement, craintif, recueilli, ne pouvant comparer dans son esprit simple et neuf, cette immense salle, ces
peintures, cette assemblée, cette musique
et l'impression respectueuse qui le frappe,
qu'à celle qu'il ressent en entrant le jour
d'une grande fête, dans l'église de son hameau, toute parée de cierges et d'encens.

L'air de naïve stupéfaction de ces bonnes gens, prête à rire aux jeunes fous qui
les entourent; on se saisit d'eux, on les sépare et on leur apprête mille tours.

Le rideau étant encore baissé, les montagnards ont naturellement tourné le dos
à cette partie dégarnie de la salle, où ils ne

s'imaginent pas qu'il y ait rien à admirer,
pour promener à leur aise leurs regards
curieux sur les galeries où ils voyent des
fleurs, des femmes, des rubans, qu'ils
prennent pour le seul spectacle dont il soit
question.

— *Digos ohou!* dit l'un d'entre eux,
Pierrou, croyais-tu que c'était si beau que
ça, la comédie

— Jésus! que c'est beau! Vois donc
toutes ces belles dames! on dirait des bonnes vierges dans le ciel avec de petits anges.

— Ça dure-t-il long-temps comme ça?

— Tant qu'on veut.

— J'en suis aise, et je gagnerai mon
argent; car, l'ase me pende! je veux sortir d'ici le dernier.

Quelques étourdis s'aperçoivent de leur
méprise et songent à la mettre à profit en

retenant leur attention du côté opposé à la
scène tant que durera le spectacle.

Cependant tout s'apprête dans les coulisses
pour le lever du rideau. Les deux garçons
machinistes, empêchés dans leurs opéra-
tions par les acteurs et promeneurs qui
surchargent les planches, crient et tempê-
tent.

M. Saint-Phar à moitié habillé, un co-
thurne à un pied, un bas gris à l'autre, une
joue pâle, une joue fardée, une seule
moustache charbonnée sous le nez, une
perruque moitié frisée, moitié en mèches,
court, appelle, et cherche l'un après l'autre
les artistes et les amateurs.

Ces derniers, attroupés dans le bouge
enfumé où ils se sont emplumés de leurs
oripeaux et qu'on décore du pompeux titre
de foyer, sont occupés à repasser leurs rôles.

Le moment décisif approche, ils vont paraître seuls et tremblans devant le public aux mille regards, aux mille oreilles, et quelques uns frissonnent à cette pensée.

— Mon cœur saute comme si j'avais la fièvre, dit celui qui remplit le rôle de *Thomas Morus*, en robe de procureur.

— J'y vois trouble comme si j'avais les quinquets de la rampe sous le nez, reprend un autre qui représente le *duc de Suffolc*.

— Si nous buvions pour nous étourdir et nous donner du cœur?

— Excellente idée!

On apporta du vin, et les verres circulèrent.

—Ah! cela remet. — A la ronde!

—A ta santé, vénérable *Thomas Morus*.

—A la tienne, scélérat de *Polexandre*.

— Je me sens maintenant capable de jouer à Versailles devant le roi.

— Je défierais Lekain.

— Je suis sûr de mon fait. — J'entre en scène, je me drape, je me pose, comme dit Saint-Phar, et je commence. — *Je ne crains ni les grands, ni la.... ni la mort.*

— Et moi! — *Gardes qu'on le saisisse!*

— *Arrêtez mon père!* — *Douce compagne de mes jours.* — Oh hé, Saint-Phar holà, viens voir! moment sublime! — Encore à boire! — Morbleu j'étais né pour les arts. — A boire, *Thomas Morus*, à boire, animal! — L'inspiration me monte à la tête. — Je serai superbe. — Oh là, la musique!

Les verres s'emplissaient encore et se vidaient toujours.

Saint-Phar accourut enfin, et trouva messieurs les amateurs rouges, suans, déclamans, dansans, et fort étourdis, je vous jure.

— Messieurs, le rideau va se lever; au rideau! l'ouverture commence; au rideau!

— Nous serons solides au poste, bégaya le *duc de Suffolc*.

L'orchestre, c'est-à-dire, trois violons criards, venaient en effet de commencer la symphonie d'ouverture.

Tous les spectateurs étaient attentifs.

Enfin la véhémence et la précipitation des coups d'archets, infaillibles et classiques avant-coureurs de la fin de tout morceau de musique, annoncèrent le moment impatiemment attendu, et tous les yeux suivirent avidement le rideau troué et frangé de toiles d'araignées qu'on hissait vers les cintres avec des secousses pénibles et saccadées.

Le théâtre réprésentait ou devait réprésentait un palais, ainsi que le témoignaient tacitement, une escabelle érigée en trône sous un paravent, quelques paquets de feuilles de lierre appendues en guirlandes à de pauvres solives noires et vermoulues, d'élégans pilastres en carton et un portique cintré, fermé par une toile à matelas.

Sur le devant, à la gauche d'un panier renversé qui cachait la tête du soufleur en manière de loge, étaient plantés, ainsi que deux mannequins, le principal personnage, *Thomas Morus* avec sa robe de procureur, et le *duc du Suffolc* avec un frac de suisse d'église et un casque de dragon de Noailles, prêté par un ami de la garnison.

Un profond silence s'établit et on écouta.

Un tremblement progressif ébranla les jambes des deux personnages en scène.

Ils étaient, je soupçonne, depuis la totale disparition du rideau sous l'influence d'une effroyable vision.

La vue troublée, tous les organes affaiblis, ils se croyaient à la bouche de l'enfer, et prenaient les nombreux visages pressés à leurs pieds pour des milliers de dévorantes faces de démons.

Le souffleur envoya les premier mots au *duc de Suffolc.*

— C'est toi. — C'est toi qui.... commence, murmura *Thomas Morus*, les yeux à demi fermés.

Le souffleur répéta sa phrase.

— Ah! ah! c'est à moi, bégaya le *duc de Suffolc*, en se dandinant pour donner de l'assurance à ses jambes alourdies. — Ah! c'est à moi. — Eh bien j'y suis. — Après. — Lucifer m'écorche vif!... si j'y vois clair. —Des chandelles.... Oh! que de chandelles!

— Je n'y vois aussi que du feu! dit *Thomas Morus.*

Le souffleur s'époumona pour la troisième fois.

— Tais-toi, vieille buse, je sais cela mieux que toi. — Si je pouvais tant seulement ouvrir les yeux. — Ce vin m'échauffe diantrement. — Si.....

— Moi.... moi.... aus.... si.

— Et les yeux... plus je les écarquille. — Pst... pst, je n'y vois rien... et les jambes... oh ! les jambes... tiens, voilà l'ami *Thomas Morus* qui danse une sarabande... m'y voilà... à toi *Thomas Morus*.

Il commença alors d'une voix haute, mais épaisse et embarrassée.

— *Citoyen vertueux... honorable et vertueux citoyen... les habitans de nos villes.*

— Que mille légions de diables t'embrochent, Nicodème les bas rouges ! tu tournes comme une girouette, sans écouter mes apostrophes. — Je n'y tiens plus. — Attrape ça l'ami *Thomas*. — Oh hé !

Et aviné, chancelant, aux yeux du pu-

blic stupéfait, il se rua sur *Thomas Morus*
qui chancelait aussi dans sa robe noire,
le fit rouler sur les planches, trébucha et
roula sur lui, les jambes prises dans son
énorme sabre de dragon.

Un tonnerre d'éclats de rire ébranla la
salle, et à des cris qui partaient des coulisses, le rideau se baissa sur cette tragi-co-
mique catastrophe.

La rumeur était grande parmi le public.
La masse riait. Quelques bonnes ames trouvaient le premier acte un peu court ;
nombre d'autres ignoraient absolument
ce que cela voulait dire et portaient alter-
nativement leurs yeux sur les rieurs et sur
la toile baissée, étrangement scandalisés
qu'on se permît de les troubler dans le
plaisir qu'ils s'étaient promis.

Au bout de quelques minutes, le rideau
se leva de nouveau.

Monsieur Saint-Phar s'avança jusqu'à
la rampe, pâle sous son carmin, trémulant
sur ses jambes, et, après trois saluts si pro-
fonds que les boucles de sa perruque s'allèrent roussir aux quinquets.

— Messieurs ! — Messieurs ! je dois
soumettre à votre indulgence l'explication
de l'accident qui a interrompu notre première scène. — Messieurs les amateurs de
cette ville qui ont bien voulu nous prêter
l'appui de leur talent, entraînés, avant la
représentation, à un repas d'amis, sont
revenus..... dans un état..... que.... ils.....
vous avez vu..... nous ne pouvons pas
continuer.

Une salve de bravos et de *bis* interrompit le directeur encouragé.

—Messieurs, nous allons remplacer la
pièce que nous avons annoncée, par une
des meilleures de notre répertoire, *les Frères*

ennemis ou *le Danger des préférences ma-
ternelles*, tragédie en cinq actes, de feu
M. Racine. Nous y mettrons tout notre
zèle, nous y déploierons toute la pompe, la
magnificence et l'ensemble nécessaires :
costumes, décors, marches, contre-mar-
ches, évolutions, combats à l'*hache* et à
l'arquebuse, rien ne sera négligé ; seulement nous réclamons de nouveau votre
indulgence pour quatre rôles que le souffleur récitera à livre ouvert, les quatre
sujets de notre troupe qui les remplis-
sent habituellement étant retenus, par in-
disposition, à huit lieues d'ici.

Le public ne se fit point tirer l'oreille, et
on commença presque aussitôt la tragédie,
dans laquelle madame Saint-Phar, avec
son rouge, ses mouches, son clinquant,
ses paillettes, tourna la tête à quelques uns
de ces roués de coulisses dont nous avons

parlé, lesquels se promirent d'aller la féli-
citer dans sa loge après la pièce.

La comédienne, dans ses voiles de reine,
à la lumière, à travers le prisme de l'illusion,
avait en effet quelque éclat, et ces messieurs
pensaient bien la trouver, en tête-à-tête,
moins hautaine et moins superbe. Ils s'in-
troduisirent donc à la fin du cinquième
acte, et ce fut pour eux chose facile, dans
son cabinet de toilette improvisé. Une forte
odeur d'ail et de suif parfumait ce réduit,
et la reine, la princesse, l'heroïne tragique,
la belle amoureuse, après la fatigue du
rôle, assise sur un paquet de hardes sales,
mangeait un oignon et du pain bis.

L'aspect de ce repas frugal refroidit singulièrement le sémillant essaim de roués ;
ils la complimentèrent cependant, et
bientôt allèrent les uns après les autres re-

joindre leurs places, car on commençait la seconde pièce.

M. de Pourceaugnac alla jusqu'au dénoûment sans encombre ; il advint seulement qu'au moment où les apothicaires armés de leurs attributs pointus donnent la chasse au héros, et le poursuivent dans les loges, les coulisses, les galeries et jusque dans le trou du souffleur, un bon bourgeois, pénétré de sa fâcheuse situation, laissa échapper cette exclamation naïve :

— Quel diable ! laissez donc ce pauvre homme un instant en repos ! vous l'avez, corbleu ! bien assez tracassé.

La représentation finie et le public rentré chez lui, on frappa à la porte de l'auberge du Tapis-Vert.

Il était dix heures du soir.

—Ah ! ah ! dit madame Rousset, réveillée en sursaut sur sa chaise basse, au coin

10.

du feu de la cuisine, voici nos voyageurs qui reviennent de la comédie. — Va ouvrir Jeanneton.

Jeanneton prit le *calel*, lampe quadrangulaire du pays, et, en abritant la flamme avec ses doigts, à travers lesquels brillait un reflet pourpre et diaphane, s'enfonça dans l'obscure allée.

La troupe comique rentra. M. Saint-Phar était rayonnant; la recette avait été copieuse, et on l'entama gaîment par un souper tel qu'on en faisait rarement.

Madame Saint-Phar ne fut point affligée d'une nouvelle rencontre avec San-Marco di Baluffa. Le médecin du scheik Ara-Aka-Mussen était parti à la tombée de la nuit, après avoir grassement payé sa dépense et comblé l'aubergiste de protestations et de remercîmens.

Le souper des artistes, bruyant, animé,

joyeux, se prolongeait fort avant dans la nuit, au milieu des rires, des chants, des rasades, quand tout-à-coup un bruit de pas, retentissant dans la rue silencieuse, s'arrêta devant la porte de l'auberge : on frappa.

Les comédiens écoutèrent; et on n'entendit plus que le grincement de l'enseigne que le vent balançait sur sa tringle de fer.

On frappa de nouveau.

—Ouvrez, de par le roi !

C'était un valet de ville escorté d'une escouade de la maréchaussée.

— Jésus ! nostré Ségné ! qui peut nous valoir votre visite ? s'écria l'hôtesse, les mains jointes sur son escofion.

—Tranquillisez-vous, madame Rousset, reprit l'exempt. J'ai un ordre des consuls pour visiter ce soir toutes les auberges et

maisons de logeurs. Apprenez que nous
avons dans la ville...

—Et qui donc? saints du ciel !

— Qui ? — continua le chef d'escouade,
baissant la voix , et mettant mystérieuse-
ment la main sur sa bouche. — Qui? — la
Jano-Négro !

Madame Rousset se signa cinq fois de
suite avec une frayeur mortelle.

—Bonne Vierge! nous sommes perdus !
Serait-elle cachée ici ? Vous savez que
c'est une *breïscho*, une sorcière , que sais-
je, moi? — Laissez-moi dire un *pater*. —
Je vais jeter de l'eau bénite dans tous les
coins.

— Il est plus pressé de me déclarer le
nombre de voyageurs que vous hébergez,
car, ce qu'il y a de véritablement alarmant,
c'est qu'elle n'est pas seule ici. — On a vu
des maudits de sa bande sur la Place-

Vieille. — Si ces messieurs voulaient me
montrer leurs papiers. — Pure formalité !

Il examina toutes les feuilles de route.

— Savez-vous autre nouvelle? — Second
motif de ma visite nocturne. — La cadette
de la Grimal a été enlevée!

— Ce matin?

— Ce matin !

— Ah! ah ! ça ne m'étonne pas. — Ces
gens qui parlent si mal des autres...

— Il est certain que l'individu qu'elle
suit est descendu ici.

— Que me dites-vous-là?

— Messieurs, il manque une feuille de
route à celles que vous m'avez présentées.
— Le registre d'auberge mentionne un
nommé Urbain Cédar.

— Notre nouvel engagé, dit Saint-Phar,
qu'est-il donc devenu, à ce propos? — Je

l'ai cherché inutilement au moment de la
représentation...

— Tout est expliqué, reprit madame
Rousset. — C'était le ravisseur. — Je m'en
étais douté; demandez à Jeanneton. — Ça
sentait le mystère. — Ce jeune homme inconnu, ne parlant pas, payant bien. —
Ça ne présageait rien de bon !

— Il faudra nous contenter, dit le valet
de ville, de cette découverte, car je crois
que la Jano-Négro nous donnera du fil à
retordre. — Ça, mes amis, achevons notre
ronde.

Et l'escouade se remit en marche.

CHAPITRE IX

La lune est l'astre des ruines.

MADAME DE STAEL.

Je crains plus les vivans que les morts.

MATHURIN.

Que la mort soit votre unique entretien, à toute heure, en tout lieu.

YOUNG.

IX.

Le Cimetière de Saint-Vincent.

———◆———

On n'avait point à tort donné l'alarme
aux autorités. Jeanne, comme nous l'avons
vu, avait paru dans la foule des marchands
le jour de Sainte-Catherine; mais les con-

suls s'abusaient étrangement, si, sur les rapports de leurs agens, ils s'imaginaient qu'elle y était venue ce jour-là pour la première fois.

Depuis que la maréchaussée avait pris ou tué son enfant dans la montagne, la Gitana rôdait en louve furieuse aux alen‑tours de Carcassonne, s'y introduisait sous des déguisemens, furetait, cherchait, es‑pionnait et interrogeait jusqu'au soir. La nuit, à l'heure où l'on fermait les portes des remparts, elle se retirait sur les hau‑teurs voisines, et là, veillant dans l'ombre; plânant sur la ville comme un spectre évoqué, elle sondait et couvait de son re‑gard d'aigle la sombre masse de maisons où scintillaient çà et là quelque vacillantes lumières.

Ses yeux, long-temps mornes et fixes, suivaient parfois, avec rage et désespoir,

une de ces capricieuses lueurs, et une
pensée lourde et horrible comme un cau-
chemar oppressait sa poitrine et brisait
sa tête.

— Est-ce là qu'est mon enfant?

La pauvre mère, égarée, folle, sans
trace, sans preuve, tantôt croyait cet enfant bien-aimé sauvé et recueilli, tantôt
voulait aller chercher ses misérables restes
dans les roches de la montagne qu'elle
pensait lui avoir servi de tombeau.

Le matin, elle oubliait ses vaines recherches de la veille, et les recommençait ivre
d'espérance et d'ardeur; le soir, trompée,
morte de fatigue et de souffrances, elle se
roulait sur la poussière avec des hurlemens
de hyène.

Le sort n'avait pas seulement permis que
le moindre renseignement vînt aux oreilles
de la malheureuse. Toutes ses démarches

demeuraient sans résultat, toutes ses questions sans réponse.

A la caserne de la maréchaussée même, qu'elle avait vingt fois visitée, elle n'avait pu avoir un mot d'indication, d'éclaircissement, et c'était vers cette caserne que s'était d'abord tourné tout son espoir; car ce qu'elle savait bien, la Jano, ce qu'elle savait d'une manière cruelle et profonde, c'est que c'étaient des soldats de la maréchaussée qui lui avaient arraché son enfant.

Aussi, dans ses veilles autour de Carcassonne, ses yeux s'attachaient-ils particulièrement à un bâtiment isolé, au bout de la ville, et alors, si un rayon de lune tombant sur sa face l'eût montrée tout-à-coup à quelque paysan attardé sur le chemin, il l'eût prise à coup sûr pour un esprit d'enfer conjurant un sabbat.

Son bras s'étendait avec frénésie vers le bâtiment isolé, caserne susdite, et une malédiction puissante, implacable, s'échappait de sa bouche écumeuse, mêlée à d'effroyables sermens de meurtres et de vengeances.

Dans une de ces nuits, Jeanne s'était cachée parmi les tombes du cimetière Saint-Vincent qui couvre le flanc d'une colline; et là, debout, immobile sur une pierre funéraire, elle demeurait dans la déchirante somnolence qui l'absorbait souvent, seul répit dans ses tortures, seul calme dans ses accès de sauvage fureur.

Minuit sonnait à tous les clochers.

Des pas d'hommes retentirent dans le petit sentier vert.

Jeanne, ensevelie dans sa stupeur, ne les entendit pas.

Trois ombres apparurent enfin derrière une masse de cyprès.

— Ohou! cria une voix, *quis à quo!*

La Gitana, détournée, reconnut ses compagnons, le Muet, Martello-le-Têtu et Barbodor, descendit de son piédestal de pierre, et les ayant rejoint, les pressa de questions.

Matéo-le-Muet saisit le bras de Martello, et le poussa avec empressement devant sa maîtresse, comme pour hâter une réponse favorable.

— Bonnes nouvelles, *Mestro*, bonnes nouvelles! cria celui-ci en effet.

Jeanne haletait.

— Mon enfant?

Le Muet baissa la tête, et Martello répliqua plus tristement.

— Ton enfant, Jano, ton enfant! non!
— Rien de nouveau. — Mais ce qui t'a-

paisera, ce qui cicatrisera ta plaie comme un simple bienfaisant, une vengeance!

Les Gitanos, harassés par les courses de la journée, s'assirent sur l'herbe qui croissait, grasse et touffue, sur les tombes du cimetière, et Martello-le-Têtu continua.

Nous sommes partis ce matin, et selon tes ordres, nous nous sommes d'abord rendus au marché, puis à cette maison blanche, tu sais, où demeurent les soldats de la maréchaussée que nous traquons si bien, depuis quelques jours, et dont nous semons si bien les cadavres dans les lieux écartés.

En cet endroit, Barbodor-l'Ecorcheur tira de sa gaîne un long coutelas caché sous sa souquenille de paysan, en montra la lame rouillée de sang avec un sourire de bête farouche, puis, tout en prêtant l'oreille à la relation de Martello, se mit à la four-

2.   11

bir sur ses genoux avec la courroie qui
lui ceignait les reins.

— Nous avons encore questionné les
diverses escouades; nous avons poussé nos
recherches jusqu'au faubourg que nous
n'avions pas encore exactement visité. —
Partout mêmes demandes, partout mêmes
réponses, partout ignorance et obscurité
Ton enfant, Jeanne, n'est point en cette
ville! — Comme nous revenions, la tête
basse et triste, t'annoncer l'accablante nouvelle de tous les jours, il m'a pris fantaisie, hors du faubourg, d'entrer dans
une mâsure où j'ai reconnu, à un long rameau de buis pendu au-dessus de la porte,
qu'on vendait du vin; nous mourions de
soif, les frères et moi. Le cabaret était
plein; là, buvaient attablés et chantans
une troupe de ces soldats de Lucifer, pour
lesquels nous partageons ta haine, Jano;

là, était aussi une commère qui parlait
haut et joyeusement à l'hôtesse, sa parente,
je crois; un nom qu'elle a prononcé a
éveillé mes oreilles. J'ai tout écouté, j'ai
tout entendu, et je puis te rendre, maîtresse, la moitié de ton bonheur; car, je
sais que la haine te ronge le cœur autant
que l'affliction. Tu n'accuses qu'un seul
homme de la perte de ton enfant; c'est
de lui que tu ardes de te venger; c'est sur
son enfant que tu veux aussi te venger:
tu veux le déchirer de la même douleur,
le frapper du même couteau; tu le peux:
l'enfant de cet homme est entre nos
mains.

— Ah! interrompit impétueusement la
Gitana, voilà un service, Martello, que je
ne pourrai te payer.

—Dans huit jours, poursuivit le Bo-
hémien, viendra la Noël, et la commère

11.

dont il s'agit, nourrice et surveillante de
l'enfant du consul, doit l'amener de Loustanel à l'église St.-Vincent, pour la cérémonie pompeuse que les mangeurs de
pain bénit y pratiquent dans la nuit de
cette fête. Elle traversera des rues obscures,
seule avec le marmot, et à une heure où
dans toute la ville il n'y aura de peuplé
et d'illuminé que les chœurs des chapelles.... Vous m'entendez.

—Comment nous introduire incognito?

— Un froc de moine, un sac de péni-
tent nous cacheront cette nuit-là d'une
manière sûre.....

Ici les voix baissèrent; on proposa et
forma des projets bien dignes d'éclore
dans ces ténèbres et au milieu de cette
nuit, sur des marbres tumulaires et des débris de squelettes humains.

Jeanne, avide, alléchée, presque joyeuse,

serrait les mains à ses rudes serviteurs,
leur parlait avec exaltation et les exhortait,
les conjurait avec des gestes véhémens et
désordonnés.

Au bout de quelques instans, les trois
hommes s'allèrent abriter sous les lar-
moyantes branches d'un saule pleureur
incliné sur un tombeau pour y prendre un
peu de repos pendant le reste de la nuit; et
Jeanne seule s'achemina, d'un côté opposé,
vers le mur à hauteur d'appui qui clôtu-
rait le cimetière.

Au-delà de ce mur était un petit bois
verdoyant, frais, mystérieux, embaumé
de fleurs sauvages.

Jeanne s'arrêta et tendit le cou à un
bruit qui lui sembla partir de sous les
branches épaisses d'un bouquet d'arbrisseaux fourrés.

C'était une voix d'homme, mâle, pres-

sante, mais radoucie et amoureuse ; c'était
une voix de femme, douce, timide, craintive, tremblante.

La Gitana, par un simple mouvement
de curiosité, peut-être aussi d'intérêt pour
elle et ses émissaires, franchit le mur de
clôture et s'avança à pas sourds jusqu'aux
arbrisseaux ; là , cachée par un rideau de
feuillage, elle écouta : — Encore quelques
minutes, Marianne,.... à peine ai-je le
temps de te voir..... ton impatience, ton
inquiétude troublent ce délicieux quart-
d'heure.

— Si mon père se réveillait !.. j'ai peur !
que dirait-on de moi ? quitter la maison
au milieu de la nuit, quinze jours avant
notre mariage ! car, en vérité, c'est bien
mal ce que je fais-là ; entends-tu, ami, c'est
bien mal... et c'est toi qui l'as voulu.

— Vas-tu me le reprocher ? — ne sens-tu donc pas qu'on est bien heureux quand on s'aime, de pouvoir se le répéter loin de tous ceux qui vous jalousent et vous épient, sans témoins, dans la nuit, seuls au monde, et puis ne trouves-tu pas aussi que le jour que l'on a désigné pour notre bonheur vient si lentement!

—Ah!.... j'ai fini aujourd'hui ma belle robe blanche pour ce jour-là; je me suis essayé une belle guirlande de roses, et ma tante me donne une jolie chaîne d'argent.... Oh! je suis gentille avec tout cela, si tu savais...... je voudrais que tu me voies...... mais, non, je veux te surprendre. —Je serai belle, belle..... et Catherine, et Madeleine, et Françoise, seront bien envieuses de me voir une si belle parure et un si beau fiancé.

—Coquette!....

Trois baisers s'entendirent avec un mur-

mure, doux, prolongé, tendre comme le
bruissement des feuilles sous la fraîche
brise de la nuit.

— Moi, j'ai veillé aux apprêts de notre
petite maison; tout y est bien disposé :
notre chambre est bien proprette et com-
mode; la treille du jardin grimpe jusqu'aux fenêtres et s'y étend comme une
jalousie verte; — nous aurons une basse-
cour, des poulets, des pigeons blancs comme tu les aimes. — On me donne mon
congé dans huit jours; je profiterai du
temps qui me restera avant la noce pour
mettre la dernière main à tous ces préparatifs; — et au bout de ce temps, Marianne, pour toujours ensemble, nous vi-
vrons bien heureux.

Jeanne à ces mots se pencha à travers
les branches.

Un caressant rayon de lune tombait

sur les fiancés, et fit reluire le ceinturon et les broderies d'un uniforme de la maréchaussée.

La Gitana étouffa une horrible imprécation de haine et agita dans sa main tremblante un objet qui jeta dans l'ombre une lueur bien plus vive et plus funèbre que le hausse-col du soldat.

On entendit encore la voix de la jeune fille.

—Oh! c'est fini! je frissonne d'inquiétude! je m'en vais!—Regarde là-bas, à ma fenêtre;—la chandelle que j'avais laissée s'est éteinte.—Adieu! adieu! ami.

—Adieu, Marianne.

Un nouveau baiser, long et ardent, suivit l'adieu.

—A demain! dirent les deux fiancés.

Et la jeune fille s'éloigna légère et gracieuse, et le soldat suivit avec amour son fichu blanc dans le taillis, jusqu'à ce qu'il fût perdu dans l'obscurité.

Jeanne s'élança alors derrière les arbres.

Cette fois, au lieu d'un baiser, on y entendit un seul cri, un cri de râle et d'agonie.

JEANNE LA NOIRE.

LIVRE HUITIÈME.

CHAPITRE X.

Cette nuit, lorsque du beffroi
L'airain frappant la douzième heure,
Dans le val répandra l'effroi,
On rira dans cette demeure.

Ballad

A la bengudo dé nadal !

Noël carcassonn s.

Le noël, pour le cœur chrétien, avait donc dans sa
naïveté une poésie bien haute; mais c'était au temps
des croyans sincères.

FERDINAND DENIS.

X.

La Messe de Minuit.

———

La veille de Noël, à onze heures du soir,
toutes les cloches d'églises, de couvens, de
chapelles étaient en branle, et le carillon

de Saint-Vincent, du haut de sa flèche aiguë les dominait toutes avec ses gammes
tintantes et ses mille voix argentines et
sonores. C'est que c'était à Saint-Vincent
que devait se chanter la plus belle messe
de la ville et les plus beaux noëls de l'année, et c'est qu'aussi c'était à Saint-Vincent
que comptait se rendre la plus grande
affluence de fidèles.

La nuit était sombre et noire; un vent
déchaîné sifflait, s'engouffrait avec rage
dans les étroites rues qui longent les flancs
de la gothique basilique, et desséchait les
pierres d'une légère gelée, ce qui faisait
présager aux passans que, malgré la brume,
il ne pleuvrait pas avant le jour.

Chaque famille s'apprêtait déjà. Les
jeunes filles s'attifaient de leurs plus riches
toilettes, et les ménagères appendant à la
crémaillère du foyer, la poêle ou la chau-

dronnée de *millas*, préparaient un confortable *ressoupet*.

Dans une humble maisonnette du faubourg, deux femmes qui se promettaient bien de prendre leur part de joie et de pain bénit à la solennité nocturne, jasaient en attendant l'heure de se mettre en route.

— Théréson, ma fille, je crois que le second coup vient de sonner à Saint-Nazaire.

— Nenni, ma mie, ce n'est encore que le premier.

— Ton enfant est-il prêt?

— Il dort là, dans le berceau de ton aîné; je ne le réveillerai qu'au moment d'aller à l'église.

— Pourquoi le réveiller au milieu de la nuit, ce pauvre ange ! — il dort si bien.

— Si nous allions seules à la messe.... nous serions moins gênées.

2.

— Jésus! tu oublies que nous sommes
dans la nuit de Noël! — laisser un enfant
seul à la maison, la nuit de Noël; sainte
Vierge! — et *la breïscho* qui cette nuit-là
les guette, et profite de l'absence des parens qui sont à l'église, pour les emporter,
les perdre ou les nicher dans quelque sale
endroit. — Ne te souvient-il pas de ce qui
arriva il y a trois ans à Claudine, qui, à
pareille époque, laissa sa petite seule dans
son lit, s'en alla à la messe de minuit, et, à
son retour, la trouva sentant le soufre et
couchée sous la porte au milieu des or-
dures; — *la breïscho* lui avait joué ce vilain
tour! — laisser ici mon Noël! Dieu m'en
préserve! — D'ailleurs je suis venue de
Loustanel, exprès pour lui; la Noël est sa
fête; et je veux qu'il soit béni par monsei-
gneur avec les agneaux des pâtres; — aussi
bien m'a-t-il fallu prier à mains jointes

monsieur son père, qui ne voulait pas me
le laisser emmener, me le confier, à moi
qui l'aime plus je crois que si j'étais sa mère!

— Et tu t'es chargée là d'une fière responsabilité.

— Ah! ma foi, j'ai juré ma tête et tous
les saints que je le ramènerais aussi frais,
aussi bien portant que le voilà.

— Tu ne crains donc pas la nuit, la
fraîcheur, le vent, la foule...

— Je crains bien davantage *la breïscho*
et autres malins esprits. — D'ailleurs il est
enveloppé et j'ai de bons coudes; — ah!
voilà le second coup! partons nous?

— Nous n'avons pas besoin de nous
tant presser; — il y a encore si peu de
monde dans les rues.

— Qu'importe! nous serons les premières
arrivées.

— Attendons encore!

12.

— Tu as donc peur?

— Je suis si peu habituée à sortir à cette heure, et puis, vois-tu, depuis quelque temps, il se commet autour de la ville tant de meurtres!

— Des assassinats!

— Ah! mon Dieu, oui... Il ne se passe pas de jour, qu'on ne découvre de çà et de là quelque cadavre, — et presque toujours, c'est comme un sort, le couteau tombe sur de malheureux soldats de la maréchaussée.

— *Nostré Ségné!* vous avez de belles nouvelles ici..... mais baste! des soldats! ça se coupe la gorge pour un oui, pour un non; ils appellent cela de bons et loyaux duels.

— D'étranges duels en vérité! duels d'un brigand à un homme désarmé, d'un poignard à une poitrine nue.

— Que le bon Dieu te bénisse ! un mauvais ange secoue donc ses ailes sur la ville!

—On le dirait... il y a à peine quelques jours encore, on a trouvé le fiancé de la petite Marianne, qui était du guet, comme tu sais, dans l'enclos de Mathieu, derrière le cimetière Saint-Vincent, étendu assassiné, effroyablement balafré, et, ce qu'il y a de plus étonnant, la poche encore pleine d'argent, ce qui prouve qu'on ne l'a pas volé.

—Oh ! mais c'est tout-à-fait diabolique cela!

Les deux femmes se signèrent.

— Et Marianne? demanda Théréson.

— La pauvre Marianne! nous l'avons enterrée avant-hier à côté de son fiancé: et son père est à toute extrémité à l'heure qu'il est.

— Je dirai tous les soirs un *pater* pour le repos de leurs ames.

Des cloches voisines, tintant à grandes volées, interrompirent les causeuses.

— Reinette, voici le troisième coup; — il est temps de partir ou jamais.

Reinette s'enveloppa de sa mantille ; Théréson cacha l'enfant sous la sienne, et toutes deux se hasardèrent dans le chemin froid et obscur.

Arrivées à la porte de la geôle, les deux commères se remirent un peu des frayeurs qu'avait, malgré elles, fait naître dans leurs esprits leur lugubre entretien. Elles se rapprochaient du cœur de la ville.

Chemin faisant, Reinette dit à Théréson :

— Puisque nous voilà près de la place, j'ai grande envie d'aller voir d'un saut le père de Marianne qui demeure ici près, sur notre chemin.

— Nous irons au retour. Je crains que nous n'arrivions trop tard à la messe.

— Comme tu voudras, ma bonne !

Et les deux femmes marchèrent en silence.

Tout-à-coup, au détour d'une rue étroite
et profonde, elles virent briller au loin,
un amas de lueurs funèbres qui s'avan-
çaient lentement vers elles.

Elles s'arrêtèrent effrayées.

Un chant de mort, grave, lent, caver-
neux, résonnait dans le lointain, confusément mêlé aux mugissemens du vent.

« *Libera me de sanguiribus, Deus,
Deus salutis meæ, et exultabit lingua mea
justitiam tuam.* »

Peu à peu la psalmodie lugubre s'éteignit, l'apparition se rapprocha, grandit
dans les ténèbres, et les femmes purent distinguer deux longues files de spectres en
traînantes robes de deuil, la main droite
chargée d'un pesant cierge funéraire dont

un verre jaune et terni abritait la flamme,
et la tête couverte d'un capuce, noir
comme leurs robes, percé de deux trous,
à travers lesquels scintillaient leurs yeux
flambloyans comme leurs cierges.

Une croix précédait le hideux cortége.

— Ce sont les pénitens noirs! Théréson.

— Oh! j'ai eu peur! — ils sont effrayans
à voir ainsi dans la nuit, avec leurs flambeaux et leurs vilains sacs!

— Mais où vont-ils? auprès de quel
mort? il faut que je le demande...

Les pénitens noirs passèrent lents, mornes,
silencieux.

Et, en effet, cette procession nocturne,
avec ses frocs, ses cagoules aux yeux de
têtes de mort, à cette heure, dans le calme
de la rue déserte, au bruit du vent froid et
impétueux, à la flamme rougeâtre de ces

torches de tombeau, avait un aspect étrangement infernal et fantastique.

Quelques fidèles la suivaient.

— Qui donc est mort? demanda Reinette.

— Le père de la pauvre Marianne, ré-
pondit-on ; ce soir à huit heures.

— Jésus Maria ! que me dites-vous là ?
— Ah ! il fallait s'y attendre, — suivons-
les Théréson ; nous dirons les litanies des
saints sur le cercueil du défunt. — Le
malheureux !

Théréson, attristée par l'appareil mor-
tuaire, et ne voulant pas contrarier sa
commère dans un exercice de piété qu'elle
voulait d'ailleurs remplir aussi, se laissa
facilement persuader, souleva seulement sa
mantille, s'assura que son petit Noël, bien
chaudement couvert, dormait dans ses bras,
et suivit Reinette, en espérant encore qu'elle

arriverait à temps pour la messe de minuit.

Arrivées au seuil d'une chétive maison, les pénitens reprirent le pseaume.

« *Quia defecerunt sicut fumus dies mei; et ossa mea sicut cremium aruerunt.* »

Puis religieux et assistans entrèrent dans une salle, basse, humide, avec des murs dépouillés et noircis, et un plafond de solives enfumées et vermoulues.

Là, sur un grabat, caché par un drap blanc, entre quatre chandelles fumeuses, un crucifix dans ses mains froides et ridées, reposait le cadavre d'un vieillard!

Tout le monde s'agenouilla pêle-mêle, dans le misérable réduit; et, par hasard sans doute, Reinette et Théréson se trouvèrent placées entre deux effrayans pénitens dont le capuce s'inclinait souvent de leur côté et dont les yeux sinistres semblaient parfois s'attacher sur elles.

On commença les litanies.

Les deux femmes, qui avaient beaucoup connu le mort, et que la cause de sa fin appitoyait singulièrement, priaient de tout leur cœur.

A la fin des oraisons, un des religieux se leva, saisit un goupillon trempé dans un vase d'eau bénite, et en aspergea le visage impassible du cadavre, avec des bénédictions et des signes de croix.

Tous les pénitens répétèrent ce dernier hommage, et à mesure s'allèrent remettre en ordre vers la porte, pour se rendre à leur chapelle. La tête de la procession était déjà dans la rue.

Les assistans, à leur tour, allaient l'un après l'autre jeter de l'eau bénite sur le défunt; ce fut bientôt aux deux commères à accomplir ce triste devoir.

La bonne Théréson, suffoquée de san-

glots, et tout en essuyant ses larmes du
revers de la main, plaça son enfant réveillé
sur un large escabeau adossé au mur, s'approcha tremblante, et s'inclina devant le lit
avec quelques mots entrecoupés de prière
et d'adieu.

Au même instant, les derniers pénitens
quittaient la maison en psalmodiant d'une
voix pleine et forte.

« *Percussus sum ut fœnum et aruit cor
meum ; quia oblitus sum comedere panem
meum !* »

Un de ces derniers pénitens semblait
contenir à peine un fardeau pesant sous
les larges plis de sa cagoule, et, dans les
silences du plain-chant funéraire, on aurait
pu entendre près de lui comme des cris
d'enfant étouffés; mais la psalmodie sépulcrale, ensevelissait cette faible voix, et
continuait, retentissante et lugubre.

« *A voce gemitûs mei adhæsit os meum carni meœ.* »

Au bout de quelques minutes, une femme échevelée s'élança dans la rue à la suite du cortége, en hurlant :

— Mon enfant ! mon Noël ! qui m'a pris mon enfant ! qu'on me tue ! qu'on me le rende, mon enfant ! mon enfant !

A ces cris déchirans des cris d'enfant répondirent.

Mais la psalmodie sépulcrale ensevelissait les deux voix, et continuait, retentissante et lugubre.

« *Similis factus sum pelicano solitudinis; factus sum sicut nycticorax in domicilio.* »

— Mon Noël ! ni lui ni moi n'avons fait de mal à personne. Oh ! c'est pour rire qu'on me l'a caché, n'est-ce pas, mes enfans, c'est pour rire ? mais rendez-le-moi vite,

car voyez-vous bien, son père me tuerait
si je ne le lui ramenais pas! rendez-le moi!
vous ne me dites rien! vous n'avez pas pitié de moi! c'est affreux! oh! qui l'a vu?
montrez moi le chemin du voleur..... Ah!
mon enfant! mon enfant!

Les cris d'enfant répondaient.

Mais la psalmodie sépulcrale ensevelissait les deux voix, et continuait, retentissante et lugubre.

« *Vigilavi; et factus sum sicut passer
solitarius in tecto.* »

Alors la femme se jeta entre les deux
files de pénitens noirs, s'agenouilla, et se
roula dans leurs jambes, se frappant le
front sur les pierres et criant.

— Mes pères! mes bons pères! un si
grand crime ne peut s'être commis près de
vous, devant la croix que vous portez, devant le cercueil d'un père, que la perte de

son enfant à tué! On ne m'a pas pris mon
Noël! priez! priez! le Seigneur vous dira
plutôt qu'à moi où je dois le retrouver;
priez pour moi! Dieu ne doit pas permettre que je le perde, ou il serait plus
méchant que Satan. — Dites moi où est
mon fils; mes pères, rendez-le moi !

Des cris d'enfans répondaient.

Mais la psalmodie sépulcrale ensevelissait les deux voix; et continuait, retentissante et lugubre.

« *Totâ die exprobrabant mihi inimici
mei et qui laudabant me adversùm me ju-
rabant.* »

Cependant la malheureuse femme at-
tira enfin l'attention générale; la procession s'arrêta, on fit cercle autour d'elle, et
les chants cessèrent.

Deux pénitens firent alors quelques
mouvemens pour fendre la foule qui s'a-

massait, mais au moment où l'assistance
apprenait enfin l'atroce événement qui venait d'avoir lieu, de nouvelles plaintes
sourdes s'échappèrent de dessous la cagoule de l'un d'eux.

La rumeur des spectateurs empêcha de
les distinguer, mais ces plaintes glacèrent
le religieux et l'attachèrent au sol, immobile et haletant sous ses voiles.

Son compagnon, arrêté à quelques pas,
le fixait à travers les trous de son capuce
avec des yeux effrayans d'anxiété et d'angoisses.

Un gémissement plus clair se mêla aux
clameurs.

Mais cette fois il fut entendu, tous les
assistans tournèrent la tête de çà et de là,
attentifs et silencieux.

Un des pénitens noirs qui avaient tenté
de fuir passa une main convulsive sous les

plis de son sac comme pour s'étreindre et se déchirer la poitrine.

L'infâme étreignait le cou d'un enfant!

Alors un effroyable cri de douleur et de victime retentit, et, au moment où le péni-tent, pour dernière ressource, faisait luire dans l'obscurité un poignard, hommes, femmes, religieux, rapprochés, guidés, furieux, le saisirent au travers du corps, lui tordirent les bras, et, Théréson, déchaînée, délirante, lui arracha son petit Noël.

Presqu'aussitôt un second pénitent noir, dépouillant sa cagoule, montra à la lueur des cierges, une épaisse barbe noire, une face gonflée de rage, deux bras nerveux, deux mains crispées et crochues comme les serres d'un vautour, et s'alla heurter de toute sa vigueur, comme un taureau sauvage, au milieu du groupe où luttait son compagnon.

Huit ou dix assaillans roulèrent sur le pavé, renversés, moulus, sous ce choc puissant.

Le prisonnier dégagé, il l'enlaça de ses bras de fer, et on put voir ces deux créatures surhumaines, ces deux spectres, ces deux corps n'en faisant qu'un, s'enfoncer rapides et hurlans dans la profondeur de la rue, et se perdre dans l'ombre.

On entendit ces mots mêlés à des cris étranges, à de rauques et sinistres imprécations.

— Par Satan ! Matéo, — viens de ce côté, il ne sera pas dit que la nuit se sera passée sans représailles.

Non-seulement on ne songea pas à la poursuite; mais encore tous les témoins de cette scène s'agenouillèrent aussitôt, pétrifiés, frappés de stupeur, et persuadés qu'ils venaient d'avoir affaire à des reve-

nans, des *loups-garous* ou autres locatai-
res de l'enfer.

Théréson, penchée sur son enfant, ivre
de joie, et revenue d'un court évanouisse-
ment causé par le bonheur subit qui avait
interrompu son désespoir, le baisait, le
touchait, s'assurait que c'était bien lui, et
pouvait à peine croire l'avoir trouvé, comme elle avait cru à peine l'avoir perdu.

Le petit Noël, quelque peu meurtri, n'a-
vait cependant pas dangereusement souffert; bercé dans les bras de sa mère adop-
tive, il souriait comme s'il ne l'eût pas
quittée, et lui tendait ses petits bras.

Quand le calme se fut rétabli, les pénitens se remirent en marche, et cette fois
placèrent la femme et l'enfant au milieu
d'eux pour leur servir d'escorte jusqu'à
Saint-Vincent où ils se rendaient aussi.

Reinette et les autres fidèles les suivirent.

13.

La messe de minuit devait être commencée, car les rues s'encombraient de paroissiens attardés qui montraient grande hâte.

L'église Saint-Vincent offrait en ce moment le coup-d'œil le plus pittoresque et le plus original qui se pût rencontrer.

Au milieu du chœur, resplendissant de clartés, éblouissant de guirlandes de fleurs fraîches et artificielles, de bougies, de cierges, dont les mille lueurs se miraient dans l'or des candélabres, l'argent des flambeaux et les pierreries des ornemens, rayonnait l'autel, au sein d'une gerbe d'étincelles diamantées, avec ses calices, ses vases sacrés, son précieux tabernacle, semblable à l'un de ces trônes flamboyans de l'apocalypse.

Au-dessus de l'autel, sous la haute ogive, apparaissait en mémoire de l'astre conducteur des mages, une étoile gigantesque, admirablement illuminée de flammes

bleues, vertes, amarantes, qui semblaient
à l'œil des rubis, des opales, des émeraudes.

On avait aussi figuré au bas du chœur,
avec de la mousse et de la paille, la crêche
où naquit Jésus, et une foule d'adora-
teurs pressés à genoux autour de ce simu-
lacre du berceau d'un Dieu, l'encombraient de gâteaux, de fruits, de monnaie,
de chandelles bénites, naïves offrandes.

La vaste nef était gorgée d'assistans qui,
la tête nue, les mains jointes, recueillis,
religieux, sous le charme de la pompe et
de la solennité de la fête, accompagnaient
de toutes leurs voix les voix du clergé.

Car la messe venait de commencer.

L'officiant en fut bientôt à l'offertoire
du saint sacrifice, et vint sur les derniers
degrés de l'autel présenter la patène à baiser aux fidèles désignés.

Alors commença une cérémonie qui,

comme toutes celles qui se pratiquent dans
le pays à la Noël, paraît puisée dans les
saintes écritures et léguées, à travers la
nuit des temps, par les époques les plus
reculées du moyen-âge, tant elle est simple,
naïve et touchante.

En mémoire des pasteurs qui vinrent
visiter le Sauveur dans son étable, on entendit tout-à-coup résonner sous les immenses voûtes gothiques le bruit discor-
dant d'une multitude de sifflets, signal de
l'arrivée des pâtres des campagnes voisines.

Puis, du fond de l'église, on vit s'avan-
cer en bon ordre et processionnellement,
une foule de bergers, de chévriers, de
pâtres de montagne en habits de fête, avec
leurs bâtons ferrés, leurs capes, leurs cor-
nemuses, et conduisant en laisse de petits
agneaux blancs comme neige, tout parés
de nœuds de rubans.

L'orgue aussitôt entama bruyamment l'air d'un joyeux noël, et tous les pâtres entonnèrent de concert.

Nous allons donner ici un modèle de ce genre de chant et de la rustique poésie des montagnards, en langue originale, qui n'est point, comme on le dit si brutalement, un patois, mais bien une langue riche, énergique, souple, abondante, expressive, fixée, avec sa littérature, ses monumens, sa grammaire, sa prosodie, une langue première, une langue, peut-être la plus vieille de l'Europe, en ce qu'elle n'a point varié d'un iota depuis neuf à dix siècles.

Nous avons vérifié nous-mêmes de vieilles inscriptions tumulaires portant la date de 844, et nous nous sommes assurés que, de nos jours, le plus brute villageois des environs de Carcassonne, pour peu qu'il sache assembler ces vieux caractères, les

lit, les comprend aussi aisément que nous,
et ne les écrirait pas autrement s'il avait
à les écrire; cette langue romane du neu-
vième siècle, est à la lettre sa propre langue à lui en 1833.

Voici le noël que chantèrent les pâtres :

« Pastrés adounizapous,
« Prénets bostre troupel
« Toutis endimenjapous
« Cargats so de pu bel !
« Un ruban al capel,
« Uno barro ferrado,
« La cinto roujo, lé télot
« Lais garramachos, les esclots,
« Et la capo floucado.

« Certo nostr' assemblado
« Sara qui con de bel,
« D'abort fort pla rengado
« Aoura 'un poulit cot d'el.
« Bous, coumo majoural
« En dintran à l'estaplé
« Faréts un pichou coumpliment
« Al maïnach' é à la jasen
« Pas qué es tout aimablé. »

« Pâtres, il faut vous parer; emmenez
votre troupeau, endimanchez-vous tous,
et mettez vos plus beaux habits! un ruban
au chapeau, un bâton ferré, la ceinture
rouge, la cotte, les guêtres, les sabots et la
cape à gros nœuds. »

« Certes notre assemblée sera quelque
chose de beau; habilement rangée, elle
aura un beau coup-d'œil! — Vous, en
qualité de majoral, en entrant à l'étable,
vous ferez un petit compliment à l'accou-
chée et au nouveau-né qui est vraiment
tout aimable. »

Quand tous les pâtres furent arrivés à la
grille du chœur, ils offrirent leurs agne-
lets à la crèche et l'officiant les bénit.

Après eux, un grand nombre de femmes
s'élancèrent et présentèrent aux bénédictions, non des agneaux, mais de jeunes
enfans gras et vermeils: de ce nombre était

l'heureuse Théréson, qui ne se possédait
pas de joie.

L'orgue, après l'offrande reprit l'air de
noël, et le saint sacrifice allait continuer,
quand soudain d'effroyables clameurs pé-
nétrèrent et retentirent dans la nef de l'é-
glise.

— Au feu! au feu! le feu! à la maréchaussée! au feu! la caserne brûle! au secours! au feu!

Le trouble et l'effroi saisirent en même
temps toute cette multitude; une profonde rumeur s'éleva; puis, soit par crainte,
soit par dévoûment, elle se rua vers les
portes, et, au milieu de la brillante messe
de minuit, la basilique demeura déserte.

CHAPITRE XI.

Au lieu de suivre cette sévère unité d'intérêt distribué sur un nombre voulu de personnages qui, partant du commencement du livre, doivent, bon gré mal gré, arriver à la fin pour contribuer au dénouement chacun pour sa quote part.

Eugène Sue.

XI.

Entr'Acte.

———

Nous voici arrivés à un endroit de notre histoire où force nous est de poser la plume. La situation de nos personnages se

prolonge et ne change pas; l'action s'arrête
et s'endort. Nous nous voyons donc dans
la nécessité de glisser à vol d'oiseau sur
une longue période d'années, pour trouver une péripétie et les derniers actes du
drame.

Si nous n'avions eu déjà la faiblesse
d'appitoyer nos lecteurs sur l'amour et la
mort de Delphine; si nous n'avions déjà
cédé à la tentation de les intéresser, comme
nous-mêmes, au malheur de cette femme
si aimante, si bizarre, si fort au-dessus
de son sexe, mais en même temps si épi-
sodique, si faiblement mêlée au fil de
notre intrigue, si malheureusement trou-
vée sur notre passage (et nous baissons la
tête à ces reproches que nous avons mé-
rités dans toute leur rigueur).

Si nous n'avions eu déjà, disions-nous,
la faiblesse de nous détourner de notre

route droite de narrateur pour cueillir
cette fleur au champ voisin, ce serait ici
le cas, plus qu'ailleurs, de nous reposer
un peu, et de combler la lacune qui s'offre
par quelque intermède récréatif, quelqu'é-
pisode attachant, un conte dans le conte,
un entr'acte dans la pièce, un sujet dans
le sujet.

Et, à ce propos, on nous permettra d'a-
vancer un jugement, bien téméraire sans
doute, et en désaccord choquant avec une
multitude de croyances littéraires : qu'importe? Nous n'avons jamais eu le bonheur
de rencontrer deux hommes de lettres ni
deux peintres d'accord sur le faire, la
manière et les principes de leur art.

Chaque artiste possède une organisation
qui lui est propre, unique et distincte
de là chacun sa méthode, chacun son sys-

tème, chacun son exécution. Chaque lit-
térateur a son style, chaque peintre a sa
couleur.

Les littérateurs, en outre, exposent au
grand jour, à cette époque surtout, leur
poétique, leur procédé, leur façon de sen-
tir et de produire. Nous allons aussi, nous,
timides et chétifs, soulever une futile question d'art, et essayer de la résoudre.

Ce sera une opinion de plus dans le
tourbillon des opinions qui se pressent et
se multiplient; un précepte, au milieu des
préceptes si variés et si divergens, une
voix de plus dans l'école, une boule de
plus dans l'urne.

Nous voulons parler de l'épisode.

L'épisode, dans un ouvrage, est regardé
par certains critiques comme une excrois-
sance parasite, un gui dessicatif, une per-

nicieuse ivraie, qui étreint, resserre, af-
faiblit, étouffe l'action, et s'engraisse de sa
substance.

Là se borne leur exclusive décision.

Nous serions de leur avis, s'ils s'en étaient
tenus à proscrire la multitude et l'abus
des épisodes, qui nous semblent aussi un
excès condamnable et nuisible.

Il n'est point d'ouvrages plus puérils et
plus grossiers, selon nous, que ces romans mystérieux et chevaleresques qui
fourmillèrent à la queue d'Anne Radcliff,
qu'il était de rigueur d'imiter de l'anglais,
et où, sur quatre volumes, on en consacrait
à peine la moitié d'un au véritable sujet.

C'était la faute du temps et de la mode.

D'autre part, nous nous sommes persuadés, en étudiant de grands modèles,
qu'un épisode neuf, intéressant, sombre
ou gai, heureusement encadré, et seul

2.   14

dans un ouvrage littéraire (1), reposait l'esprit du lecteur, l'appétissait, le remettait en haleine, et, loin d'affaiblir l'intrigue souveraine, lui donnait un charme piquant de contraste et de vigueur.

Tous les grands poètes épiques ont senti cette vérité. Et dans le roman, qui n'est, à tout prendre, qu'une épopée familière, tous les talens supérieurs ont usé de ce ressort.

Qui s'est plaint d'un refroidissement d'intérêt ou d'un défaut de composition? Qui s'est ennuyé en lisant la terrible *Nonne sanglante* du *Moine* de Lewis; l'*Urbain Grandier* du *Cinq-Mars* d'Alfred de Vigny; la *Lodoïska* de Louvet de Couvray; le *Curieux impertinent* de Cervantes; les

(1) Le théâtre excepté, pour lequel il n'y a point de contestation.

admirables histoires de *Don Raphaël*, et de *Scipion* du *Gil Blas* de Lesage.

Si nous avions besoin d'autres autorités, nous citerions madame de Staël, Châteaubriand, Jean-Jacques Rousseau.

Et à ceux qui nous objecteraient que le genre d'ouvrage de Cervantes et de Lesage, longs et vides de nœud principal, comporte l'épisode, nous parlerions encore d'une cuisante rancune qui nous est née contre d'autres rigueurs de ces législateurs-critiques, de ces professeurs lettrés, qui se mêlent d'enseigner et non de faire, qui montrent l'escrime et ne se battent pas, qui, du bord, veulent diriger notre barque à nous autres en pleine mer.

Ces rhéteurs ont calculé, tracé, arpenté, disposé et irrévocablement prescrit pour *tous* romans une action simple, unique, vraisemblable, bien coordonnée, bien

14.

ajustées, des caractères habilement peints
y contribuant chacun d'égal écot, et autres
conditions que *tout* auteur doit réunir, sous
peine d'être mauvais et d'encourir leur
anathème.

Puis ils ont posé leurs limites, leurs co-
lonnes d'Hercule.

Maintenant, dépouillez-vous de votre
individualité, crachez votre ame et votre
imagination, on vous a muré le champ clos,
jalonné la route, bridé la plume, vous n'a-
vez plus qu'à noircir trois mains de papier
pour remplir le moule hors duquel il n'y
a point de salut, et maçonner un ouvrage
selon et d'après ces Messieurs.

Or, aidons-nous encore de quelques
noms pour crever ce vieux crible de règles
et de mesures, à travers lequel ils veulent
étrangler bon gré mal gré toutes les œuvres
d'imagination, et examinons un peu com-

ment les divers artistes de génie ont mis à
profit de si despotiques recommandations.

Walter Scott, avec des peintures de caractères et d'histoire, a fait des chefs-
d'œuvres. Madame Cottin, avec une seule
passion du cœur, développée et admirablement décrite, a fait des chefs-d'œuvres ; Cervantes, avec les entretiens et les aventures
variées de deux hommes, a fait un chef-
d'œuvre ; Sterne, sans plan, sans caractères
approfondis, avec une simple analyse physique et morale des choses ordinaires et
simples qu'il voyait, a fait un chef-d'œuvre.
Lesage, sans intrigue suivie, sans nœud ca-
pital, avec des scènes décousues et toujours
nouvelles des ridicules de son temps, a fait
des chefs-d'œuvres.

Aucun de ces auteurs ne se ressemble,
aucun n'a suivi les mêmes lois ; chacun je
le répète, a eu sa méthode, son génie, son

exécution, chacun a été lui, et chacun a fait des choses impérissables.

Nous sommes heureux de pouvoir conclure avec une classique citation du judicieux Boileau, qu'il ne faut point trop haïr, pour avoir dénigré le Tasse et Molière. C'est en romans surtout que

Le secret est d'abord de plaire et de toucher,
Inventez des ressorts qui puissent m'attacher.

CHAPITRE XII.

Le sort me fait pleurer aujourd'hui comme il m'a fait sourire autrefois.

Poète d'Orient.

XII.

Noël.

Oh ! qui ne s'est jamais dit, en voyant la
bise de novembre soulever les cheveux
parfumés d'une blonde jeune fille, et ta-

pisser la terre de feuilles jaunes qui volent,
qui glissent, qui tournoient, s'éparpillent
et s'amoncèlent.

— Arbres des beaux jours étendez vos
branches au vent, laissez dépouiller votre
cime de ces guirlandes flétries, laissez fuir
ces volées d'oiselets, qui, l'été, chantaient
sous la feuillée.

Quelques jours de neige et de deuil,
quelques jours de brume et d'orage, —
puis le printemps!

Et ravivés, rajeunis, inondés d'une sève
neuve et fraîche, vous reverdirez, vous au-
rez de nouvelles guirlandes aussi pures et
aussi odorantes, vous reprendrez vos cou-
ronnes de fleurs, et les oiselets reviendront,
l'été, chanter et faire l'amour sous la feuillée, — et vous serez aussi beaux, aussi
jeunes, aussi vigoureux que l'année pré-
cédente, — et après cette année, viendront

encore les mêmes printemps et les mêmes
fleurs.

Il n'en sera pas ainsi pour moi, grand
Dieu! dans un an, la pensée, le calme, l'é-
motion de ces jours-ci aura disparu sans
retour. Je n'en aurai plus que le souvenir.

Quelques illusions de plus se seront éva-
nouies, un nouveau pas dans la vie aura
irréparablement éteint et défloré une vir-
ginale croyance en mon ame, une force
physique en mon corps.

Dans vingt ans, arbres des beaux jours,
vous serez aux mêmes lieux, toujours droits,
toujours hauts et inébranlables, vos branchages seront même plus épais, vos troncs
plus noueux, vos racines plus profondes.

Dans vingt ans, moi, j'aurai vécu; —
car que sera ma vie, quand jeunesse, vigueur, amour, poésie, tout aura passé?

— Arbres des beaux jours, après votre

hiver, le printemps ! — Après mon hiver,
la tombe !

Par une de ces belles matinées de la fin
de l'automne, la campagne, au vallon de
Véraza, s'épanouissait bien autrement
riche et bien autrement pittoresque encore
qu'au printemps.

Car la saison des fruits est plus belle
que la saison des fleurs.

La plaine était riante et chargée de
ses plus somptueuses parures. Les collines
voisines apparaissaient diaprées et indé-
cises à travers une gaze de vapeur. De hautes
masses de feuillage à la cime mûrie et on-
doyante, se groupaient çà et là dans le
paysage, magnifiquement marbrées de tons
chauds et fondus de laque, de jaune d'or,
de vert sombre ou pâle, et les rayons d'un
soleil naissant et pur illuminaient en se
jouant ces mille nuances si prismatiques, si

vives, si variées, si tranchées, si éclatantes
auprès de l'obscure et monotone verdeur
du printemps.

Car, oui vraiment, la saison des fruits
est plus belle que la saison des fleurs.

Le printemps, c'est la jeune fille fraîche, vierge, mais grêle, sans formes,
à peine éclose, encore enfant;—l'automne
c'est la femme accomplie, dans tout son
éclat, dans toute sa fleur, belle de toutes ses
perfections et de toutes ses beautés.

Par une de ces belles matinées de la fin
de l'automne, disions-nous, au seuil d'une
petite maison blanche enclose de ver-
gers et de prairies, à l'ombre d'une vigne
grimpante qui planait en auvent, en treille
au-dessus de là porte, et qui serpentait jusqu'aux toits, un homme à cheveux gris,
maigre, pâle, les yeux éteints, semblait
vouloir, en contemplant cette nature vivace,

jeune et resplendissante, aspirer un de ses
mille rayons de lumière et de vie.

Debout à ses côtés, un jeune homme de
dix-neuf à vingt ans, bien plus que lui
encore sous le charme de l'imposant spectacle qui se déroulait, jetait parfois de
douces paroles à travers ses rêveries.

De l'autre côté de la porte, une bonne
vieille femme assise sur un banc de pierre,
filait sa quenouille en murmurant le refrain d'une chanson patoise plus vieille
qu'elle.

— Oh! j'avoue maintenant, disait le
jeune homme, que Véraza vaut bien Loustanel...Voyez, mon père, quelle abondance
de fruits à ces toits de feuilles! quelle ri-
chesse de couleurs! voyez ces grenadiers à
fleurs rouges, ces aloës, ces capucines, ces
orangers dorés; — et puis cette belle

plaine là bas ; ... mais Loustanel est aussi bien pittoresquement entouré.

— Explique-moi donc, Noël, ce qui te fait tant aimer cette mâsure perdue dans un désert.

— D'abord c'est précisément cette solitude imposante qui l'environne, et puis j'y trouve des beautés d'un caractère sombre et énergique qui me plaisent, cette vallée verte, mais triste et brumeuse, ces ruisseaux qui bouillonnent sur des rochers, et ce pic de Bugarach, avec ses sapins et ses flèches de granit..... et puis Loustanel..... oh ! j'aime Loustanel.

Le visage du père se contracta péniblement,

— Je ne l'aime pas, moi... cette maison m'a été trop funeste.

— Pardon, père, je vous rappelle la perte de ma pauvre mère, pardon.

Noël prit la main de M. Reynaud, celui-ci lui jeta un regard de douleur et de
pitié et pencha la tête sur son épaule.

Noël, nous l'avons dit, pouvait avoir dix-
neuf à vingt ans ; il était de la taille ordinaire des hommes du midi, toujours inférieure à celle des hommes du nord,
mais ses membres étaient bien modelés,
bien proportionnés, et d'une agilité singulière. Son visage pâle et blanc comme
celui d'une femme, relevé par de longs
cheveux bruns sans poudre, offrait des
traits fortement dessinés, un front haut
et noble, des yeux petits, mais doux et
expressifs, des joues maigres où le sourire
creusait parfois de gracieuses fossettes, et
un nez légèrement courbé sur une bouche
fraîche et dédaigneuse.

Noël, d'aussi loin qu'il pouvait se rappeler, n'avait jamais pu savoir d'autre

renseignement sur sa mère, sinon qu'elle
était morte en lui donnant la vie. Elevé
loin de Carcassonne, et, pour ainsi dire,
dans une complète solitude, d'ailleurs
presqu'inconnu dans cette ville, personne
n'avait pu l'éclairer sur sa naissance et
naïvement il se croyait le fils de Claire,
la compagne chérie du consul, dont il
avait quelquefois entendu le nom. Son
père ne lui parlait jamais de celle à laquelle il devait le jour, évitait avec soin
toutes les conversations qui auraient pu
amener de sa part d'embarrassantes questions, et la bonne Théréson, lorsqu'il l'interrogeait, bégayait, hésitait dans ses réponses.

Cependant, plus il avançait en âge, et
plus le poignait l'ardent désir de connaître,
au moins par des récits, cette mère qu'il
aurait tant aimée; quelquefois aussi ha-

sardait-il en tremblant, quoique bien souvent rebuté, un mot, une demande, en
apparence indifférente, mais qui devait
lui faire entrevoir quelques uns de ces
jours bienheureux que son père avait
passés, avant sa naissance, avec une femme
douce et belle.

Il se félicita donc intérieurement que
le hasard eût amené le sujet qu'il brûlait
tant d'éclaircir, et se prit à dire, en fixant
affectueusement le vieillard :

— Vous l'aimiez donc bien ma mère?
Elle était donc bien bonne et bien
jolie !

Théréson grommela plus haut et plus
vite son refrain patois, et tourna plus rapidement son fuseau entre ses doigts secs
et ridés.

Le père, après quelques secondes, leva
lentement la tête.

— Noël, dit-il d'une voix grave et profonde, ne t'ai-je pas souvent prié de laisser dans la tombe ces souvenirs qui me déchirent? Dieu, en me léguant des peines, les a toutes épargnées à ta jeunesse; ne m'en demande pas une part ; vis heureux, et ne te hâte pas de flétrir ce calme précieux et virginal qui ne se retrouve plus.

—Quoi! serai-je donc condamné à passer ma vie sans autre souvenir, sans autre consolation, sans autre héritage que ce précieux gage que je porte, m'avez-vous dit, depuis le berceau?

Noël tira une petite croix d'ébène qu'un ruban retenait à son cou.

— Voilà, en effet, reprit le vieillard, le seul héritage qui te reste de ta pauvre mère, depuis que la fatalité vous a séparés. Mon fils, si tu te sens au cœur un digne amour pour elle, si tu te sens au cœur une véri-

15.

table pitié pour la femme qui perd son enfant, un respect suprême pour sa dernière volonté, solennelle comme les vœux d'un mourant, tu ne quitteras jamais, jamais, quoi qu'il puisse arriver, cette croix dont elle t'a chargé comme d'une bénédiction, comme pour mettre Dieu à sa place de mère et de surveillante, cette croix qui te la rappelle, cette croix, dernier lien qui l'attache à toi.

Le vieillard s'arrêta, craignant d'en avoir trop dit.

Noël reprit d'une voix basse et résolue.

— Père, avez-vous besoin de me rappeler ce devoir?— Il y a long-temps que je me suis dit : cette croix ne quittera ma poitrine que lorsque mon cœur ne battra plus contre elle; cette croix sera celle dont on marquera ma tombe.

Le jeune homme baissa la tête et couvrit le crucifix de baisers.

Un silence s'établit.

Puis, tout-à-coup, un léger prélude de guitare sortit de derrière une haie d'aloës haute et serrée.

Noël tressaillit et tendit le cou, Théréson retint son fuseau suspendu.

Une voix de jeune fille chantait une sorte de ballade catalane sur un rhythme naïvement modulé.

« Aï! aï! vienne la soif, vienne le soleil d'été, je ne retournerai plus à la source de la Croix-de-Buis!

« Et cependant l'eau y est claire et luisante, la mousse tendre, la brise fraîche, et le sable doré.

« Les rameaux des deux rives s'y étreignent comme de nouveaux fiancés, l'ombre y est noire et parfumée, et le chardon-

neret à gorge écarlate, balancé aux branches
flexibles du saule, y mire ses belles plumes
en chantant ses plus doux airs.

« Et cependant aucun lieu du pays
n'est plus paisible et plus délicieux que la
source de la Croix-de-Buis, quand à midi
le soleil y glisse un filet d'or, quand à
minuit la lune y fait trembler à travers les
feuilles un mince rayon.

« Mais, non, vienne la soif, vienne le
soleil d'été, je ne retournerai plus à la
source de la Croix-de-Buis!

« L'autre jour, caché sous les roseaux,
j'y ai vu Léonor, la fille brune du muletier.

« Léonor qui m'enivre avec ses regards de
flamme, Léonor qui me fait rêver la nuit,
Léonor à qui mes yeux ont parlé bien
souvent, Léonor que j'adore comme la
Madone.

« Léonor dont je dévore, à la danse, le

geste, le pas, la parole, le souffle; car elle
est si belle et si douce à voir, ma Léonor!

« Elle était là, au frais, sans mantille,
sans voile, les cheveux défaits, frisson-
nante, molle, rêveuse et ridant le fil de
l'eau de ses pieds nus.

« Elle murmurait doucement un nom,
un nom harmonieux, tendre comme le
soupir de ma guitare.

« Et ce nom qu'elle mêlait aux fré-
missemens de la brise, aux doux airs
du chardonneret à gorge écarlate; — ce
nom, sainte Vierge! ce n'était pas le mien!

«Oh non, non, par saint Jacques, non,
vienne la soif, vienne le soleil d'été, je ne
retournerai plus à la source de la Croix-
de-Buis! »

Il fut impossible à Noël, tant que dura
la chanson, de dissimuler une rougeur qui
lui colora tout le visage et un demi-sou-

rire enfantin de plaisir et d'étonnement.

— Quelle est cette musique? demanda
M. Reynaud; tu sembles connaître cette
voix, mon fils.

— C'est la Zingarella! interrompit Théréson; une vagabonde, une Carajo de
Gitana qui vient tous les matins nous réveiller à Loustanel de ses cantiques de Bo-
hême.

Noël jeta un regard de colère à la
vieille.

La cloche de la porte de la cour fut tout-
à-coup ébranlée.

Théréson alla ouvrir.

— Va, reprit le père, va, mon Noël, porte
cette monnaie à la petite malheureuse;
aussi bien doit-elle mourir de faim dans
ces campagnes, où l'on ne goûte guère que
que le plain-chant des moines et les complaintes de pèlerin.

La vieille servante reparut.

— Voici notre révérend père Réné.

Un religieux, à barbe blanche, à vénérable figure, la suivait en effet.

Le consul s'inclina devant son confesseur.

— Mon fils, dit le jacobin, vous m'avez fait appeler; me voici.

L'œil du vieillard rayonna d'espoir et de consolation; il indiqua de la main un cabinet retiré, oratoire qu'il affectionnait, y conduisit le moine, et en referma soigneusement la porte.

Noël, à peine hors du regard paternel, s'élança vers le grillage qui fermait l'entrée de la haie.

Théréson, en le voyant disparaître, croisa ses deux mains sur sa tête.

— Jésus Maria! cette mangeuse de chiens et rats nous poursuit jusqu'ici, et voilà

les chansons, les causeries, les tête-à-tête
de Loustanel qui vont recommencer; ceci
ne me sent à rien de bon. Ces Gitanos sont
de vrais suppôts de Satan; ça vous jette un
sort plutôt qu'un bonjour; si ce petit
Noël... On a vu des *Bréïsçhos* prendre la
mine d'une jolie fille pour ensorceler des
garçons; encore n'a-t-il pas voulu garder
à son cou mon saint chapelet qui a touché
le saint suaire, et qui préserve de tous maléfices. — Ah! je vais toujours dire une
dixaine d'*ave* à son intention.

Et la bonne femme se mit, tout en fi-
lant, à marmoter ses oraisons.

Or, sachons quelle était la voix qui
avait remué le cœur de Noël, et quelle
créature il trouva derrière la grille qu'il
venait de franchir.

CHAPITRE XIII.

Je sens que ce doit être une bien douce chose
Que de se retrouver, à peine la nuit close,
    Sous l'ombre d'un tilleul,
Avec l'être qu'on a vu souvent dans un songe,
Et de se dire : Enfin ce n'est plus un mensonge,
    Je n'existe plus seul.

E. O.

Il y avait, certes, une passion d'homme sur la physionomie grêle de cette petite fille toute bizarre.

BALZAC.

La virginella
Come la rosa
Scoprir non osa
Il primo anlor.

Rondeau Italien.

XIII.

La Bingarella.

———————

C'était une svelte et jolie fille de seize ans,
rose, frêle, éblouissante. C'était une Gitana,
en effet, une Gitana arabe et andalouse, les

jambes nues, le corsage en velours, la bas-
quine en laine, la guitare au cou, les yeux
noirs, les sourcils noirs, les cheveux longs
et rouges, rouges de cette couleur si magnifique et si routinièrement, si sottement
dédaignée; de cette couleur si belle auprès
du blond fade et du châtain indécis, de
cette couleur d'or, lumineuse, chaude, à
brillans reflets, dont les peintres de Flandre
et d'Italie, ont enrichi leurs plus idéales
et plus suaves créations; de cette couleur
dont le Titien a peint les cheveux de sa
maîtresse, un de ses chefs-d'œuvre. C'était
une Gitana aux traits purs, au nez grec, à
la bouche vermeille, voluptueuse et découpée en cœur.

Oh, c'était une vraie Gitana!

C'était la Zingarella!

— Toi! ici? exclama Noël.

— N'y es-tu pas toi?

—Qui t'a instruite?....

— Ce n'est pas ta bouche, tu le sais.

—Pardon, ma Zingarella, pardonne-moi, nous sommes partis si vite.... mon père ne m'a pas laissé une minute.... et je ne savais pas mon départ hier; aussi étais-je de bien mauvaise humeur, en pensant que je ne pourrais te voir aujourd'hui, ni peut-être demain.—Car vraiment je n'y comptais pas.

—Oh! je le sais bien.

Et la petite Bohémienne s'assit sur une pierre, et balança ses jambes pendantes, les yeux baissés avec une jolie petite mine de boudeuse.

— Zingarella, ma mie, dis moi! — Tu es fâchée contre moi?

Et Noël se rapprochait.

— Je ne suis pas fâchée, Monsieur. — Et pourquoi serais-je fâchée? — Oh non! non, Monsieur;

Et sa main, glissant machinalement sur les cordes de la mandoline, leur fit murmurer un accord doux et languissant.

— Oh vrai? bien vrai? — Si tu l'étais, qu'aurais-je donc fait pour le mériter? — Pourrais-tu croire que je me sois condamné moi-même à passer un jour sans te voir, à manquer à ce moment de la matinée où la mandoline annonçant ta venue me fait frissonner de plaisir, ce moment qui me semble si court, qui me fait trouver mes nuits et mes jours si longs, que je les donnerais avec bonheur pour le voir revenir plus vite.—Ah! tu crois que j'ai quitté gaîment Loustanel! — Et pourtant, cette nuit, je n'ai point dormi, car je savais que mon réveil serait sans joie, et qu'aujourd'hui le soleil ne me semblerait pas réjouissant, les fleurs pas fraîches, les oiseaux pas gais.

— Et pourtant, quand à l'instant, dix

heures ont sonné là-bas, je crois que... j'ai
pleuré, oui j'ai pleuré comme un enfant.

La Zingarella avait détourné la tête, et
aux paroles naïves du jeune homme qu'elle
dévorait une à une avec une attention
amoureuse et extatique, son sein se gonflait
doucement, un sourire d'ange épanouissait son beau visage, et ses mains s'agitaient
d'un léger frémissement que les cordes de
la mandoline traduisaient encore en notes
douces et plaintives.

Tout-à-coup elle sentit les doigts de Noël
jouer dans ses cheveux.

—Vous me décoiffez, Monsieur! dit-elle
brièvement, en se retournant avec des
traits recomposés, mutins et boudeurs.

— Oh là! belle linotte farouche; vous
êtes bien fière aujourd'hui! est-ce pour
humilier quelque peu ma joie de te voir
venir jusqu'ici exprès pour moi?

— Tout beau, Monsieur! qui vous dit que c'est exprès pour vous que je suis venue?

— Que sais-je? moi! reprit Noël, bégayant et embarrassé; tu viens tous les jours à Loustauel... il me semble... pour...

— Ah! ah! ah! fit la folâtre et aérienne jeune fille, riant tout-à-coup aux éclats. Je suis mendiante, pélerine et chanteuse; je cours çà et là, revenant cent fois aux lieux que j'aime, les quittant quand je m'y déplais; libre, capricieuse, toute à moi, sans loi et sans frein.

Noël fit, de la lèvre inférieure, cette moue d'un enfant prêt à pleurer, et soupira.

La Bohémienne, sans qu'il s'en aperçût, lui glissait sournoisement un regard tendre, souriant et malin.

— Vous êtes bien heureuse! reprit-il enfin, oppressé; au moins me laisserez-

vous plaindre aujourd'hui votre indépen-
dance et vos caprices qui vous ont fait en-
treprendre si longue course; car vous venez
de bien loin sans doute.—D'où venez-vous?

—Vous m'avez bien souvent fait cette demande, et j'ai bien souvent répondu, que
vous importe?

Et la bizarre enfant, secouant au vent
ses longs cheveux d'or, se dressant avec
prestesse, fit deux ou trois légers pas de
bolero, et reprit le refrain de sa ballade
catalane.

— « Aï! aï! vienne la soif, vienne le
soleil d'été, je ne retournerai plus à la
source de la Croix-de-Buis. »

Noël la regardait avec un air d'étonnement mêlé de tristesse et de regret; puis il
reprit. — Ainsi, le hasard seul, l'occasion,
une course, la fatigue, un souffle, un rien
t'amènent vers moi, et maintenant, quand

16.

l'œil fixe, le cœur agité, joyeux, tremblant,
j'entendrai au loin tes folles chansons,
je découvrirai ton résille rouge dans la
plaine de Loustanel; je n'aurai à bénir
que ces acacias qui te donnent de l'ombre,
le soleil qui t'aura brûlée, les cailloux du
chemin qui t'auront meurtrie et la seule
fantaisie qui t'aura conduite.—C'est dom-
mage! — Oh! mais qu'importe : reviens,
Zingarella, reviens à Loustanel, tu t'y
plairas plus que jamais; il y a maintenant
de bien belles fleurs rouges, tu sais, de celles
que tu aimes tant, que je t'ai mises l'autre
jour aux cheveux; nos vignes mûrissent,
le petit bois refleurit comme pour te rece-
voir, et je t'ai fait sous la plus belle voûte
de feuilles un petit banc de mousse. — Oh!
reviens-y, Zingarella, tout cela te semblera
beau et doux; reviens-y, puisque tu n'aimes
que cela. —· Du moins je te verrai, et je

trouverai aussi cela doux et beau, moi, qui n'aime que toi.

— J'y reviendrai, reprit follement la Zingarella ; puis elle devint tout-à-coup pensive et sombre.

— Et si je ne pouvais plus y revenir, murmura-t-elle, comme se parlant à elle-même.

—Ah! que dis-tu? interrompit brusquement Noël ; ne pas le pouvoir, si tu le voulais ! ah! je ne le crains pas : n'es-tu pas seule, libre, sans devoirs et sans maître?

La jeune fille fixa gravement sur lui ses grands yeux noirs.

—Sans maître ! qui vous l'a dit?

Le jeune homme, interdit, baissa la tête.

— Je ne le pensais... je ne le savais pas. Eh, mon Dieu, je ne puis que me tromper et m'abuser incessamment sur ton compte. Je ne te connais pas, toi qui

m'intéresse seule, toi que seule j'aime,
toi dont je voudrais avoir toutes les joies
et tous les maux écrits dans le cœur, toi
dont je voudrais confondre la vie avec la
mienne! Je sais à peine ton nom; je ne
te vois jamais qu'en un même lieu, à la
même heure; tu passes comme un rêve de
toutes les nuits, et ne laisses jamais après
toi que la même impression, la même
trace, le même souvenir, et c'est ainsi depuis long-temps déjà, depuis que tu vins
par un sort, dirai-je heureux ou maudit,
chanter à notre porte de Loustanel ta com-
plainte de saint Gimert. Tu m'as refusé
tout récit, toute explication, le nom de
ta famille, de ton pays, de ta demeure. —
Des trois êtres que je devais aimer en ce
monde, je n'ai qu'un père, je ne connaî-
trai ni ma mère ni toi, — pas même ta
demeure, Zingarella; et si tu ne venais

plus, et si tu étais malade, moi seul peut-
être, pauvre enfant, pourrais te secourir,
et moi seul ne connaîtrais pas le toit isolé
où tu souffrirais, abandonnée et mourante.
— Oh! Zingarella, dis, dis-moi où tu demeures; si c'est un secret, nul autre ne le
saura, bien vrai, mais dis-le moi.

La Gitana, la tête encore penchée, essaya de dévorer une larme délicieuse et
brûlante qui glissa malgré elle sur ses
longs cils, et s'y tint suspendue, brillante,
pure, prismatique, comme une goutte de
rosée au bord du calice d'une fleur. Elle
l'essuya enfin d'un geste prompt et insaisis-
sable, et se redressant rieuse, enjouée, les
yeux railleurs et cependant encore ivres
et humides.

—Je demeure sous les arbres, sur l'herbe,
dans l'air, en haut du mont, partout et
nulle part.

— Quoi ! pas de maison ! pas d'asile !

— L'alouette vit et chante dans les champs, sous le ciel : dans la cage, elle ne chante plus et meurt.

— Singulière créature ! tu as juré d'être pour moi une énigme. Je ne puis te croire seule et vagabonde. Chacune de tes paroles, au lieu de satisfaire ma curiosité, me jette dans de nouvelles conjectures. Veux-tu pas enfin me dire un peu la vérité ? — Zingarella, je t'en prie.

Noël hasarda une de ses mains autour de la taille de guêpe de la jeune fille, et murmura encore, en penchant sa tête sur son épaule ronde, polie et demi-nue : — Zingarella, je t'en prie.

Mais la Bohémienne glissa entre ses doigts comme une anguille, et, se retournant avec légèreté, lui souffleta la joue de ses longs cheveux.

— As-tu donc peur de moi? sauvage enfant.

— Oh! non.

— On ne repousse ainsi que ceux qu'on n'aime pas. — Mais il est vrai, je le sais maintenant, tu ne m'aimes pas, non, tu ne m'aimes pas, toi!

La Zingarella ne répondit pas, dévotieusement occupée qu'elle était à faire un pont d'un brin d'herbe à une frêle et luisante coccinelle perdue dans la mousse.

Ce silence fit un mal affreux à Noël. Il attendit cependant encore, inquiet, soucieux, impatient, le bon et timide garçon!

Mais la Zingarella avait recueilli la coccinelle aux ailes pourpres, mouchetées de noir, et lui chantait à mi-voix, le refrain des enfans du pays : — Galinetto,

galinetto, enseigne-moi le chemin du
Ciel.....

— Oh! non, c'est fini! pensa Noël, et il
baissa la tête, dans un abattement indicible, et une grosse larme, douloureuse,
éloquente, s'échappa avec effort de ses
yeux gonflés, et roula sur sa joue pâlie.

Mais un regard de la bizarre Bohémienne, qui chantait encore, furtif, obli-
que, détaché imperceptiblement du brin
d'herbe, avait rencontré et suivi cette
larme,

— Noël! Noël! cria-t-elle, et elle s'é-
lança de toute sa vitesse, tomba dans les
bras du jeune homme, le visage radieux,
les yeux baignés d'un amour ineffable, et
y demeura idolâtrément penchée.

Avant que le rouge ne montât aux joues
de la jeune fille, Noël eut le temps de scel-

ler sur ses lèvres un baiser long et ardent.

Tout-à-coup elle se dégagea de cette étreinte avec un élan prompt et irrésistible comme celui qui l'y avait entraînée, et, sans laisser au jeune homme le temps d'un geste ou d'une parole, elle franchit un buisson, escalada une pierre, et se mit à fuir, légère, folle, échevelée, sautillant sur les roches tranchantes d'un périlleux chemin de traverse.

—Zingarella! Zingarella! prends garde, au nom du Ciel! cria enfin Noël avec une anxiété de mère.

L'écho des roches, dont le pied de l'aérienne Gitana effleurait la cime aiguë, lui renvoya sa voix pour toute réponse.

La Zingarella disparut.

Il demeura alors quelque temps les yeux fixés au loin.

Puis enfin il se retourna, étonné, étourdi, mais consolé, et entendit la voix de son père, qui déjà l'avait deux fois appelé.

CHAPITRE XIV.

J'aurai pour compagnon un loup endurci à la fatigue,
un léopard leste ; avec eux on ne craint pas de voir son
secret trahi.

SCHANFARI.

Son corps seul a quatre-vingt-quatre ans, son esprit
n'en a que vingt.

LACLOS.

XIV.

La Hutte du Chevrier.

———◆———

Le jour a baissé. Un sauvage et triste
paysage des Pyrénées s'assombrit; la brume
du soir tourbillonne et s'épaissit dans les

bas-fonds. Quelques touffes d'arbres isolés
se détachent encore en noir sur le ton pâle
des hauteurs et le fond d'un ciel gris et
froid. Un silence imposant, lugubre,
éternel, souverain dans cette solitude,
ajoute à la majesté sombre du site.

Une ombre humaine se peut distinguer
cependant sur la mousse d'une pelouse
élevée.

C'est un chevrier des montagnes, avec
ses longues guêtres de cuir, sa capa, son
chapeau large et rabattu, son bâton ferré,
sa gourde d'un côté, sa corne de l'autre,
suspendues par des lanières croisées en
sautoir sur sa poitrine. C'est un chevrier
qui interroge, d'un œil inquiet, les masses
de nuées noirâtres qui effleurent autour
de lui les angles les plus aigus du granit.

Puis il hoche la tête, saisit sa corne, et
gonfle ses joues.

Un son rauque, perçant, prolongé, pénétra les gorges et les ravins.

L'écho le répéta et l'étendit.

Quelques chèvres égarées de par les rocs accoururent bêlantes. Le chevrier les compta du doigt, et reprit sa corne.

La corne résonna au loin, pleine, impérieuse, et s'alla éteindre dans le creux des roches, mourante et plaintive comme une voix humaine.

Un gros chien noir, attentif aux signes du bâton noueux de son maître, fureta çà et là les buissons épineux, et compléta le troupeau qu'il força au départ.

Le chevrier suivit, tantôt sifflant, tantôt nazillant la chanson montagnarde avec sa voix insouciante et grossière.

« La peine ne peut toujours durer ; la joie ne peut toujours durer ; car la Margarida est morte. »

« Le chevrier pleure quand il est en haut du mont et qu'il pleut; mais il ne pleure plus quand il dort chaudement dans sa hutte auprès de sa femme. »

« La peine ne peut toujours durer. »

« Le chevrier pleure quand la neige tombe et roule sur sa *capa* comme l'écume glacée du torrent; mais il ne pleure plus quand il mange du bon lait caillé. »

« La peine ne peut toujours durer. »

Il s'interrompit pour exciter son chien contre les indociles bêtes qui grapillaient les ronces du chemin.

— Arri! Chicho, arri!

Il continua indolemment.

« Le chevrier ne pleurait pas quand il voyait bondir ses chèvres joyeuses autour de lui; et, au milieu d'elles, la Margarida, sa chèvre bien-aimée, qui venait manger du pain dans sa main, qui léchait et ré-

chauffait ses pieds. — Mais quand il a
trouvé la Margarida morte dans la montagne, alors il a pleuré. »

« La joie ne peut toujours durer. »

« Quand le chevrier a eu bien pleuré la
Margarida, il a pris une de ses cornes, l'a
travaillée de son couteau, l'a suspendue à
son cou, et pense à sa chèvre bien-aimée
toutes les fois que ses lèvres y soufflent
pour appeler le troupeau; mais il ne pleure
plus. »

« La peine ne peut toujours durer. »

La voix du berger, qui n'était plus qu'un
murmure machinal, s'éteignit peu à peu,
absorbé par les soins et l'attention qu'il
mettait à découvrir, à travers les vapeurs
du crépuscule déjà condensées, une grêle
cabane de bois et de terre, pittoresquement suspendue, comme un nid d'aigle,
au flanc d'une roche.

17.

Quand il n'en fut qu'à quelques pas, il s'arrêta, singulièrement surpris.

Un filet de fumée bleue et capricieuse s'échappait du toit conique de la hutte, et les lueurs d'un foyer pétillant et hospitalier apparaissaient et scintillantes à travers les troncs d'arbres bruts et mal joints qui en formaient les parois.

Le chevrier fit un pas, hésita de nouveau, puis enfin se hasarda à aller furtivement reconnaître, par ces ouvertures, les hôtes qui comptaient, ce soir là, se régaler de sa natte et de ses bourrées de genévrier.

Son œil ne resta pas une seconde appliqué aux branchages treillissés.

Il se retourna tout-à-coup comme s'il eût passé la tête par une lucarne de l'enfer, se bourra précipitamment la poitrine de signes de croix, et disparut, épouvanté,

rapide comme un oiseau, à peine suivi
par ses chèvres, moins habiles que lui à
franchir et escalader les aspérités du sol,
mais ayant, à vrai dire, infiniment moins
de motifs d'agilité.

Les hôtes formidables de la hutte étaient
au nombre de trois.

Près des briques ardentes du foyer, un
homme accroupi, dont la flamme faisait
saillir en lumière la barbe rouge et grise,
la face hideuse et écrasée, attisait la braise
avec la pointe d'un couteau; plus loin un
autre homme, dont la pose vague, indécise,
perdue dans la demi-teinte, se pouvait
à peine voir, ne faisait luire dans l'ombre
que deux yeux ardens et phosphoriques
comme ceux d'un oiseau de nuit; enfin, dans
l'espace qui séparait ces deux individus,
était une femme posée sur la grossière et

unique escabelle fourrée de peaux de bouc
qui se trouvât dans l'étroit réduit.

Cette femme pliée sur elle-même, et on eût
dit affaissée par la fatigue, semblait vieille :
de larges rides lui couturaient le visage ;
les cheveux qui tombaient par larges et
humides mèches sur ses joues et son front
livides étaient tout-à-fait gris. Elle était
vieille en effet ; cependant, lorsqu'il lui ar-
rivait de lever la tête et de tendre le cou
au bruit du vent qui simulait au loin des
voix d'hommes, à la chute des branches
qu'on aurait pris pour des pas au dehors,
à une parole de l'un de ses sombres compagnons, elle découvrait un profil et des
traits qui, s'ils avaient été autrefois admirables, conservaient du moins, encore un
caractère, une beauté qui leur était propre, une beauté à eux, une beauté austère et
terrible, une beauté qui faisait frémir.

Un feu jaune et vicace se rallumait dans ses yeux que le temps avait décharnés et enfouis sous d'épais sourcils toujours noirs et affreusement réunis au-dessus d'un nez aquilin, hardiment dessiné, effilé, arqué comme le bec d'un aigle.

— Puisqu'il est écrit, dit enfin l'homme accroupi au foyer, que nous passons la nuit dans cette tanière, commençons par le souper.

Il tira d'un havresac quelques ognons, des olives et une petite outre gouflée de vin.

— Jano, vous en plaît-il une gorgée ?

La Jano-Négro fit un geste de refus.

— Et toi, Matéo ?

Matéo-le-Muet donna à entendre qu'il qu'il n'avait pas faim.

Barbodor-l'Ecorcheur se mit alors à manger seul, avec un bruit de mâchoire

et de respiration entrecoupée qu'on eût
pris pour le grognement d'un porc.

Puis il pressa longuement l'outre sur sa
bouche, s'arrêta enfin essouflé, laissa échapper un hoquet prolongé et essuya ses
grosses lèvres velues de la main.

— Ah !... j'avais besoin de ce renfort.
Ça maintenant, mes maîtres, parlons affaire.
— Nous allons de ce pas à la montagne
noire, tourner la cervelle, avez-vous dit,
aux paysans pour les enrôler, profiter du
trouble où est la province, comme toutes
les provinces de France, tomber en nombre sur les habitations tranquilles de la
bonne ville de Carcassonne, nettoyer les
plus riches en général, et celle del sénor
consul, en particulier. Voilà, si je ne suis
point une buse, ce dont il s'agit.

Il s'interrompit pour demander un signe
d'approbation à ses compagnons : il n'ob-

tint qu'un regard de pitié de l'un et de l'autre; mais il l'interpréta mal, et continua.

— Jano, aucun des Gitanos nos frères n'ont osé ou n'ont su vous dire leur avis à ce sujet; eh bien! moi, par les tripes de ma mère! moi, Barbodor l'Ecorcheur, je vais dire franchement ma façon de penser; vous en ferez ce que vous voudrez. Plus on est à plumer l'oison, plus les parts sont petites. Carajo! la troupe est belle, nous savons tous faire de l'or avec du fer, nous pouvons nous passer d'aide et faire notre besogne seuls.

La Jano-Negro s'abaissa avec effort à prendre la parole.

— Barbodor-l'Ecorcheur, tu ne peux juger des projets dont tu ne connais ni les motifs, ni les causes secrètes; or, tu ignores pourquoi j'agis. J'ai traité, il est vrai, avec

des hommes puissans, des hommes qui
bientôt seront les seuls maîtres de tout ce
pays de France; tu ne sais pourquoi ni
comment. Dans l'entreprise pour laquelle
ils réclament les bras des Gitanos, il y aura
du sang et du vol, il y aura à piller et à
tuer; tu pilleras, tu tueras, tu ne dois ni
demander, ni désirer rien de plus.

— Ce que j'en dis, maîtresse, reprit l'E-
corcheur grommelant, n'est pas mécconten-
tement. Je m'imagine seulement que ces
mesures lentes retardent quelques expédi-
tions que vous nous avez déjà depuis long-
temps proposées. N'est-ce pas ainsi que vous
remettez sans cesse le coup de main contre
ces métairies marquées de rouge du consul
Reynaud, que vous désignez, lui et son
fils, à la pointe de notre navaja.

— Le temps n'est pas encore venu.

Puis, comme se parlant à elle-même! —

L'enfant laisse éclore la couvée avant d'arracher le nid aux branches de la feuillée ; on laisse engraisser et grandir le jeune sanglier avant de lâcher sur lui la meute enragée ; on nourrit le porc avant de lui mettre le couteau au flanc ; la nuée s'amasse et se gonfle, elle éclatera terrible.

Elle s'adressa en suite au Muet, qui devait mieux la comprendre.

— Tu sais, toi, Matéo, pourquoi j'ai retardé l'heure, tu sais que si j'ai tant arrosé de larmes le sol chaud et paisible où j'abrite et conserve cette douce fleur de la vengeance, c'est pour la cueillir plus mûre, plus fraîche, plus vermeille, plus rouge, d'un rouge de sang, pour la cueillir dans toute sa sève, dans tout son éclat, pour en respirer à la fois tout l'encens et toute la saveur. — Tu sais aussi que des occasions avidement ·. r-

chées m'ont souvent échappé. — Mais cette
fois l'heure va sonner. — Ici, Matéo, j'attends un message innocent. La Zingarella,
faible instrument devenu dans mes mains
une arme terrible; la Zingarella, que tous
les jours j'envoie en espion vers cette
maison maudite, tu sais? la Zingarella,
qui me sert fidèlement, ignorante, rieuse,
sans crainte et sans remords; — car je
cache mes projets sous des prétextes d'enfans. — Elle va venir!

Le Muet, qui avait constamment tenu
ses yeux de feu sur sa maîtresse baissa la
tête en signe d'intelligence.

A ce moment, des pas bien distincts s'entendirent au dehors, et on frappa trois
coups à la porte de la hutte.

JEANNE LA NOIRE.

LIVRE NEUVIÈME.

CHAPITRE XV

On hou, mouhou, cris funèbres
Retentissent près de nous,
Merles, geais, corbeaux, hiboux
Veillent-ils dans les ténèbres ?

Goethe.

XV.

De l'amical entretien qui eut lieu entre une Breïscho* et une jeune fille.

———◄►———

Après le coucher du soleil, à l'heure où les chevriers avaient rassemblé leur bétail,

* Vieille sorcière, selon les traditions languedociennes.

une jeune fille, seule, gaie, légère, gravis-
sait un revers du mont coupé de glacis;
la montée était rude, et la course avait
été longue, aussi la pauvre petite se pen-
dait-elle parfois aux touffes de jonc et de
romarins qui hérissaient la pente, pour
respirer un peu.

Parvenue à un plan de terrain moins
incliné et formant presque l'esplanade, elle
se trouva vis-à-vis quelques mauvaises
mâsures semées sous de sombres bouquets
de pin, y entendit des voix confuses, et se
dirigea sans hésiter vers un groupe d'hommes et de femmes en rumeur.

Ces créatures humaines, au milieu d'un
tel désert de roches et de montagnes, n'é-
taient comme elle s'y était attendue, que
des pâtres.

— *La Breïscho! la Breïscho!* criait-on.

— Jacounel l'a vue de ses yeux, là haut!
dans le Trou-.ax-Lézards.

— Malédiction sur la Gitana!

— Nos boucs mourront tous.

—Mes chèvres n'ont pas mangé ce matin.

— *La mala bestia! la mala bestia!* elle
viendra nous trouver cette nuit.

—*La cal creba!*

— *La mala bestia! la Breïscho!*

La Zingarella, heureuse de ne point avoir
été vue, grâce à l'ombre toujours croissante,
se hâta de détourner son chemin, marcha
avec précaution derrière les plantes sauvages qui serpentaient ça et là, prêtant toujours l'oreille aux propos des chevriers.

— Saint Hilaire nous assiste! disaient
les femmes.

—Nous étions trop heureux sans ces
êtres maudits; car, si j'ai bonne mémoire,
nous n'avions pas entendu parler de *Breïs-*

18.

chos ici depuis ces fêtes de Noël..... te rap-
pelles-tu, où nous fûmes à la messe de
Saint-Vincent à Carcassonne.

— Je m'en souviens bien, moi; la *Breïscho* tira toute la nuit les jambes de mon
pauvre homme, Jan-Roso.

— C'est elle qui fit accoucher l'Ama-
garou d'une bête velue.

— Et dire, anges de Dieu! que de sem-
blables malheurs vont nous tomber sur la
tête!

— La Jano-Negro est donc une *Breïscho*? dit une voix d'homme.

— Qui en doute? on connaît assez ses
maléfices; c'est un pilier de sabbat; — mais
depuis long-temps on ne l'avait vue de ces
côtés. — On croit qu'elle et sa bande sont
dans la montagne Noire.

— Ah! la Berdetta, avez-vous encore de
l'eau bénite?

— Il m'en reste une mi-cantine des pâ-, ques dernières.

— Par Notre-Dame de Limoux! obligez-moi de m'en prêter pour en arroser l'âtre.

— Oh hé! femmes! rentrez, la nuit est close, rentrez!

— A la garde du saint Suaire et de tous les saints! — Bonne nuit! — Loin de nous la Jano-Negro! — La damnée *Breïscho!*

Ils regagnaient leurs huttes.

La Zingarella, alors assez éloignée et bien cachée dans les roches, poussa un éclat de rire sonore et moqueur, et se mit à chanter une satanique sarabande qu'elle accompagna d'un accord vif, rapide et aérien de sa mandoline.

Les chevriers épouvantés se jetèrent dans leurs masures et en barricadèrent la porte avec désespoir, priant, invoquant les anges, les saints, et toutes les notabilités célestes, à grand renfort de signes de croix.

Quelques minutes après, la Zingarella frappa à la hutte où l'attendait la Jano-Negro.

Le canon d'une escopette s'alongea par une fente de la porte, dirigé par deux yeux qui reluisaient comme des saphirs.

—Amigo ! la Zingarella !

La porte s'ouvrit.

Sur un signe de la Jano-Negro, les deux hommes sortirent, armés, pour faire une ronde de surveillance aux alentours.

La jeune fille demeura seule avec elle.

—Enfant! tu as accompli ta tâche de tous les jours?

—Oui, mère.

— Rien de nouveau à Loustanel ?

— Vous voulez dire Véraza.

— Ils sont donc à Véraza ?

— Oui, mère.

Jeanne fronça le sourcil.

— Tant pis ! — tu as donc été jusqu'à Véraza ?

— Oui, mère.

— Merci de ton zèle et de ton dévouement à ta maîtresse; la course est longue et dure pour tes membres frêles et jeunes. — Autrefois j'ai couru aussi ! moi!

Elle pencha douloureusement la tête, comme oppressée soudainement d'un souvenir, et reprit d'une voix profonde.

— Nous ne faisons de ces efforts, nous autres femmes, que lorsqu'une ardente passion nous étreint, quand nous avons au cœur un amour...

La Zingarella rougit et jeta à la Jano un suppliant regard d'anxiété, comme si elle craignait que la puissance occulte dont

elle la croyait religieusement investie lui
eût mise à nu son ame et ses secrets.

— Un amour ou une haine, continua
plus sourdement Jeanne, qui dans l'obscurité n'avait rien remarqué.

— Qui as-tu vu enfin?

La jeune fille hésita.

— Je n'ai vu encore que le fils;.... car
je ne dépasse pas la grille, et rarement le
père, souffrant et faible, se hasarde au-
delà.

Elle s'attendait, après ces paroles, à voir
un sombre mécontentement plisser le front
pâle et luisant de sa maîtresse, et se hâta
d'ajouter en tremblant:

— Cependant j'ai mis tant de ruse et de
patience dans mon message, que je suis
parvenue à remplir votre désir, et vos in-
structions expresses.—Le consul Reynaud,
tout à son mal, s'occupe peu d'affaires. —

Aucune poursuite n'est dirigée contre nos frères. — Vous pouvez dormir et marcher en paix et sécurité.

— Merci, fille, merci! interrompit la Jano, pressée d'en finir avec ces rapports qui ne servaient que le projet feint de veiller à la sûreté des Gitanos, en espionnant le consul; prétexte spécieux dont elle usait pour tromper l'innocente enfant, qui, sur son ordre, avait marché insouciante et dévouée. — Merci! te dis-je; — mais tu as donc parlé à ce jeune homme? — tu l'appelles, je crois, Noël... — Noël! redit timidement la Zingarella toute troublée, et persuadée au fond de l'ame que l'insistance de la Jano sur l'entretien avec le jeune homme venait de ce qu'elle avait tout découvert.

A cette certitude accablante vint se joindre dans son esprit l'image de sa con-

fusion, si la puissante Gitana la surprenait
à mentir dans ses réponses.

— Que t'a-t-il dit? redemanda froide-
ment la Jano-Negro.

— Maîtresse! s'écria la Zingarella san-
glotant et tombant à genoux, maîtresse!
pardon!

— Qu'as-tu donc? que veux-tu? parle...

— Mère, je suis bien folle et bien osée,
ai-je pu espérer te cacher à toi qui lis, à
travers l'espace, dans les astres et l'im-
mensité, ce qui ce passe dans mon cœur
à moi, pauvre et faible enfant..... car tu
sais tout, n'est-ce pas? quand tu me parles
de Noël.

Jeanne, d'abord étonnée, fixa sur la
Zingarella ses yeux perçans, et dit tout-à-
coup gravement.

— Je sais tout, il est vrai ; cependant
ta confiance tardive peut te faire pardon-

ner; je consens à ne me croire encore instruite que par toi seule.

—Ah! tu savais, tu sais combien je
l'aime!...

La fille de Rudillo eut peine à compri-
mer un mouvement indéfinissable arraché
par la joie et la colère.

Elle dit encore plus solennellement.

— Je le savais; — tu peux néanmoins
tout me redire, je veux t'entendre....

—Mère, il y a tantôt trois lunes, vous
m'avez dit : Chaque matin, en allant par
les bourgs et les campagnes chanter tes
ballades et tes complaintes, tu passeras devant cette maison; c'est là que demeure
un consul, un homme qui nous fait pour-
suivre par des soldats, et c'est de là que doit
partir l'ordre de livrer au bourreau tes
frères et tes sœurs, et, chaque, soir je saurai de toi si l'on s'y occupe de nos têtes.—

Mère, chaque matin je fus à Loustanel;
chaque matin je m'arrêtais devant la porte,
j'y chantais mes plus beaux airs d'Espagne,
comme tu me l'avais enseigné; mais la
servante m'accablait en maugréant de
paroles de colère et de malédiction; le
consul me jetait à peine quelque monnaie
par sa fenêtre entr'ouverte. — Une seule
personne m'écoutait et me parlait doucement, c'était Noël. — J'essayai d'abord de
remplir ma mission, et puis — mère! pardon! — je pensai plus à lui qu'à toi; —
nous causions des fleurs, du ciel, des
arbres, de l'herbe, et j'oubliais la vie de
mes frères et tes ordres, ma maîtresse; —
pardonne-moi encore!

— Et lui, reprit Jeanne vivement, sans
songer à punir d'un mot la prétendue faute
de la Zingarella, et lui, t'aime-t-il?

— Oh oui!

— Il t'aime !

La jeune fille fut anéantie par l'accent foudroyant qu'eurent ces deux mots dans la bouche de Jeanne-la-Noire; car elle se méprit sur le vrai motif de son exaltation.

— Je suis bien malheureuse et bien coupable, Jano, je connaissais nos lois, et j'ai osé reposer mes yeux sur un étranger. Aie pitié de moi ! — je saurai me vaincre et ne plus le revoir.

Et elle se tordait les mains en pleurant et en se traînant sur ses genoux.

— Enfant ! relève-toi. Tu ne seras pas maudite, toi, car tu n'es pas bien coupable; tu es jeune et faible. D'autres ont succombé comme toi ! — Tu reverras cet homme, je le veux. Ne fais pas de sermens ; car, si tu l'aimes, la trahison et le parjure te coûteraient si peu !

— Je pourrai le revoir sans remords,
mère?

— Je le veux. Seule je le saurai, et j'ai
le pouvoir de t'absoudre. Une condition
cependant! ne le revois plus à l'une de ses
maisons.

— Il le souhaite lui-même, il m'attendra dans deux jours......

— Où?

— Au ruisseau des saules.

Jeanne-la-Noire se dressa soudain et
embrassa convulsivement la jeune fille en
s'écriant avec effusion.

— Enfin! — Bénie sois-tu, fille! Tu me
viens du ciel.

— Ah! tu es bonne, mère, reprit l'innocente, toute à sa joie naïve, ivre, trompée
et couvrant la Gitana de ses caresses.

— Vois-tu, continua-t-elle, j'avais d'a-
bord craint, et j'ai bien souffert de cette

pensée, qu'il ne te vînt à l'esprit, en m'en-
voyant à Loustanel, d'y conduire ensuite les
Gitanos pour y prendre de l'or; — et alors
peut-être, comme cela leur arrive souvent,
ils auraient tué mon Noël, mon doux Noël!
et m'auraient ensuite rapporté pour ma
part du butin, ses vêtemens pleins de sang!
Tu comprends comme cela eût été horrible!
—Mais, maintenant, tu sais tout, et tu m'aimes encore, et tu le protégeras plutôt. —
Nous les protégerons, — lui, mon Noël, et
son vieux père. — Nous les protégerons,
n'est-ce pas, mère ?

— Oh que oui! fit Jeanne.

— Que je suis contente et heureuse! Ce
secret pesait comme du fer sur ma poitrine.
Je vais maintenant dormir paisible et faire
des rêves d'amour et de joie, aussi bien
suis-je lasse et affaiblie.

— Va, fille, et dors ! Je ne puis encore dormir, moi !

Les deux femmes s'embrassèrent avec tendresse.

La Zingarella s'alongea ensuite sur une natte, au fond de la hutte.

— Dors, murmura sourdement Jeanne-la-Noire, quand elle entendit un souffle régulier soulever le sein de la jeune Gitana, dors et fais des rêves d'amour et de joie ; d'autres veillent pour t'en préparer de sang et d'horreur... Pitié pour elle ! elle si jeune, si belle, si douce ! — de la pitié, de la pitié à ma vengeance ! — Ah ! il faudrait être fou pour lui en demander. — L'horreur expiera l'horreur ! — De la pitié ! qui en eut pour moi ? et cependant j'étais douce, belle, croyante, naïve, jeune comme elle. — Ah ! plus qu'elle !

Les Gitanos rentrèrent doucement, res-

pectèrent le silence et l'immobilité de
Jeanne qu'ils virent profondément ab-
sorbée, s'étendirent sur le sol autour du
feu, dont les dernières lueurs s'éteignaient,
et il ne s'entendit plus aucun bruit dans la
hutte.

CHAPITRE XVI.

Le Tamanaque avait des yeux pour voir; Alonso et
Ingol ont des lances et des mousquets pour tuer leurs
ennemis.

MÉRIMÉE, *la Famille de Carvajal.*

XVI.

Comme quoi un rendez-vous d'amour fut désagréablement suivi de voies de fait.

———•———

Deux nuits après celle-là, Jeanne et son escorte nomade étaient aux roches du pic de Bugarach.

Au lever du jour, elle appela le Muet, déjà vieux, ridé, les cheveux blancs, mais toujours dévoué, robuste, impétueux.

— Matéo, dit-elle, tu es à moi et je compte sur toi. J'ai à peine parlé que tu agis. Nous ne sommes qu'un corps, je suis la tête qui pense, tu es le bras qui exécute ; j'ai besoin de toi.

Le Muet ne bougea pas, ne donna aucune marque d'assentiment, tant ces conventions lui semblaient naturelles et invariables, tant elles lui étaient profondément écrites dans le cœur !

—Tu m'obéiras encore comme tu m'obéis toujours, sans hésitation, sans murmure.

Matéo d'un signe éloquent et d'un de ces regards qui semblaient de fortes paroles, et qui étaient sa langue à lui, fit entendre qu'un geste de sa maîtresse indiquerait irrévocablement la seule volonté qu'il pût avoir, la seule action qu'il pût faire.

— Prends deux hommes avec toi, Iskali-l'Idiot, celui-là comme toi ne raisonne et ne murmure jamais; un autre, l'Écorcheur, par exemple; et apprête-toi à me suivre.

En un instant, les trois Gitanos furent prêts.

Jeanne se mit devant eux, et ils descendirent silencieusement la côte.

A quelques pas du ruisseau des saules, la Gitana les fit arrêter, cacher derrière une masse de broussailles, et s'approcha seule, vers un tertre voisin, longeant avec soin les arbres, les buissons et s'efforçant d'assourdir ses pas.

Tout-à-coup elle s'arrêta, oppressée, affaiblie, inondée d'une sueur froide, en promenant autour d'elle un regard sur ces saules, ce tertre, ces buissons, ce ruisselet

qui filait au loin, argenté, limpide, scin-
tillant au soleil, à travers sa bordure de
branches vertes.

— C'était là, pensa-t-elle, c'était ici ! —
affreux souvenir ! — ce même tertre de
gazon ! — ces mêmes arbres ont entendu
d'autres sermens ! — un sort juste et in-
flexible a voulu que ce lieu soit aussi le
premier théâtre de la punition...

Elle s'approcha encore et prêta l'oreille
aux paroles de deux personnes, dont elle
n'était plus séparée que par quelques
touffes de buis.

Elle pencha la tête au-dessus de cette
haie sauvage.

C'étaient Noël et la Zingarella.

— Sitôt partir ! disait le jeune homme,
sitôt me quitter ! moi qui ne t'avais jamais
vue si gaie, si confiante, si consolante !
pourquoi sitôt ?

— Pour ne pas amener un léger nuage
sur le front de celle qui d'un mot m'a
rendue si heureuse; car je suis bien heureuse maintenant, tout me semble doux et
beau. J'aime la vie, j'aime cette mousse,
ces nuages qui flottent là-bas, cette eau qui
coule à nos pieds, ces feuilles sur nos têtes,
ces oiseaux dans les branches, et...

— Et moi!...

— Oh toi! mille fois plus que tout cela! mille fois plus que ma vie! — je puis
te le dire à présent, mon Noël. — Il faut
aimer et obéir à celle qui m'a donné tant
de biens; il faut la bénir, n'est-ce pas? bénis-
la avec moi; car c'est elle qui m'a permis
de t'aimer, car c'est elle qui veille sur toi,
qui te protége, car elle t'aime, parce que
je t'aime, car elle attirera par sa puissance
le bonheur du ciel sur notre amour.

— Je la bénis et je l'aime, ma Zinga-

rella, reprit Noël, ivre, caressant; ayant peu
compris, et d'ailleurs à peine entendu les
paroles de la Gitana, occupé qu'il était à
passer les mains dans ses soyeux et brillans
cheveux, à dévorer de ses regards fixes et
extatiques l'éclat humide et la douceur
infinie de ses yeux.

— Adieu! Noël, reprit enfin la Zingarella en se dégageant.

— Adieu! adieu!

— Aime sans la connaître Jeanne,
qui te protége, et qui a fait notre félicité à
tous deux.

— J'aimerai Jeanne sans la connaître,
reprit docilement Noël.

La Zingarella, était déjà loin, légère et
capricieuse.

Le jeune homme la suivit long-temps
des yeux et la perdit enfin.

Puis se retournant, il se trouva face à

face avec une figure d'idiot, hideusement
accoutrée, qui lui posa une lourde main sur
l'épaule, et une lame sous le menton.

Noël recula pour se défendre.

Deux autres sortes de démons demi-
nus sortirent comme de dessous terre, l'é-
treignirent, le baillonnèrent, et l'entraî-
nèrent étourdi, presque évanoui, ayant à
peine distingué dans la lutte une femme
haute et vieille qui se tenait là, immobile,
sombre, implacable.

CHAPITRE XVII.

Philosophie moderne! sombre nnit apparue au nom
de la lumière; *triste tyrannie au nom* de la liberté;
profond délire au nom de la raison.

RIVAROL.

XVII.

Les Philantropes.

———

L'année 1792 s'avançait, on était au commencement d'août. A cette époque, comme chacun sait, de puissantes choses

s'opéraient sur tout le sol de la France,
et de gigantesques idées bouillonnaient
dans tous les cerveaux; nous ne le rappelons
ici que pour expliquer comment, par un
beau jour d'été, Jeanne-la-Noire, la bri-
gande, la bandite, la Gitana, se trouvait,
dans un lieu désert de la montagne Noire,
chaîne de monts détachés de la ligne des
Corbières, qui s'étend et encadre au nord
le présent département de l'Aude, en con-
ciliabule secret avec un groupe d'hommes
bien vêtus, étrangers au pays, inconnus,
sans nom, sans état, nous ne dirons pas
sans mission.

Par tous les villages, hameaux, chau-
mières de cette contrée où ces personnages avaient passé, ils avaient dit et prê-
ché que la capitale et les villes de la province fourmillaient de riches aristocrates
et accapareurs forcenés, qui, d'accord

avec les autorités, avaient juré d'acheter
à bas prix, et d'emmagasiner tous les blés
de la récolte, pour pressurer ou faire mourir de faim la malheureuse population des
campagnes.

Ils en donnaient pour preuve, que, dans
ce moment-là même, trois bateaux char-
gés de blé demeuraient stationnés et soigneusement gardés, sur le canal, aux portes de Carcassonne, par l'ordre de M. Reynaud, démis de sa charge de consul et
devenu syndic.

Ce à quoi un d'entre eux, harangueur
et hurleur s'il en fût, ajoutait qu'ils agis-
saient traîtreusement et contrairement à
toutes lois de nature et d'humanité, qui
disent : Partage ce que tu possèdes avec ton
frère, et ne lui fais point ce que tu ne voudrais pas qu'il te fît.

Ce fut, je crois, le même qui, deux ou

trois ans plus tard, représentant du peuple,
député de la convention à Carcassonne,
disait du haut de la chaire d'une église,
transformée en club :

« — Si vous n'avez qu'un boisseau de
blé, citoyens, donnez-en la moitié à votre
voisin ; si vous avez six chemises, donnez-
en trois à votre voisin ; si vous avez de la
fortune, au lieu d'acquérir de la super-
fluité, faites-en part à vos frères et conci-
toyens.

Ce disant, le charitable et enthousiaste
orateur avait retourné du côté du creux
de la main, qu'il tenait à demi fermée,
un diamant d'une somme énorme, qui
aurait pu, dans ses gestes véhémens, briller
aux yeux de l'assistance attendrie. (1).

Ces fervens missionnaires d'un nouvel

---

(1) Historique et authentique.

ordre de choses avaient facilement ému
les bons et ignorans montagnards, en leur
représentant prêt à manquer, et indigne-
ment arraché, le pain de leurs femmes et
de leurs enfans.

Ce fut d'abord de longs murmures, puis
des cris, des menaces, et enfin des sermens
de vengeance et de révolte.

Les émissaires salariés, par un prince,
je crois, avaient réussi ; il ne s'agissait
plus pour eux, que de trouver une tête,
un bras, un drapeau vivant pour cette
multitude, et ils avaient, comme à Paris,
cherché parmi des brigands.

Nous ne dirons pas quel hasard leur fit
rencontrer la Jano-Negro, ni avec quelle
joie horrible la Gitana embrassa cette entreprise, et s'engagea sur sa tête à faire
briller les premières lames dans une sanglante sédition, dirigée pour les mon-

20.

tagnards contre les autorités, mais pour elle contre un seul homme; il n'est pas besoin de le nommer.

Or, ce jour-là, elle convenait avec eux du jour, de l'heure, des points de réunion, de la marche à suivre pour armer et faire mouvoir simultanément ces masses de paysans exaspérés.

Il est bon de faire savoir ici que les habitans de la montagne Noire ne connaissaient pas le nom terrible de celle qui devait les diriger : d'ailleurs éloignés de plus de vingt lieues du théâtre ordinaire de ses brigandages, il était à peine arrivé à eux, et elle n'avait de relations et d'entrevues qu'avec ceux des leurs qu'on avait choisi pour chefs subalternes.

Tout fut donc conclu sans difficulté, et irrévocablement arrêté; puis on se sépara.

CHAPITRE XVIII.

Triste à tous les plaisirs, au milieu de la fête
J'étais seul et maudit, sans jamais obtenir
Un doux regard, un sein pour reposer ma tête,
    Une bouche pour me bénir.

Timide enfant en proie à des songes funèbres,
Dans le chemin fangeux qui nous mène au tombeau
J'avais long-temps marché. — Soudain dans les ténèbres
    Tu m'apparus comme un flambeau.

                  E. O.

XVIII.

Le Nid-aux-Ours.

———

Bien des jours s'étaient passés, et la Zingarella, qui tous les matins courait aux saules du ruisseau, n'avait plus revu Noël.

Inquiète, désolée, elle était allée à Carcassonne, où il lui avait dit que son père était rappelé pour des motifs qu'il n'avait pas expliqués; et là, elle avait cherché, épié sa maison, et pourtant ne l'avait pas vu une seule fois.

Alors, furieuse, brûlante, hors d'elle-même, elle s'était décidée à questionner, et elle avait su que le fils de M. Reynaud avait subitement disparu, sans que l'on eût encore pu découvrir sa retraite, s'il était parti, son cadavre, s'il était mort.—Il est mort! fut la première pensée de la jeune fille presque folle.

Après cette pensée, elle n'en eut pas d'autre.

Le soir, elle sortit de la ville, marcha toute la nuit, sans faim, sans soif, sans fatigue et sans savoir où elle allait.

Le hasard et un instinct purement ani-

mal la conduisirent à Loustanel, après
trois jours d'une marche égarée, tantôt
rapide et insensée, tantôt traînante, lente,
appesantie par une lassitude au-dessus des
forces d'un homme.

Arrivée au ruisseau des saules, elle
tomba évanouie et comme pour y mourir
sur le tertre de gazon où elle avait quitté
son Noël.

Une nuit se passa encore ainsi, une nuit
fraîche et pure, dont le silence mystérieux
enveloppa sa léthargique immobilité, dont
la brise embaumée vint mollement rafraî-
chir son visage ardent et ses cheveux
qu'elle effeuillait avec amour.

L'air vif et léger du matin acheva de la
ranimer; elle fit quelques mouvemens,
s'éveilla, et alors ses pensées lui revinrent,
d'abord pressées, nombreuses, confuses,
puis enfin claires, distinctes, mais affreuses.

Elle jeta autour d'elle un regard, et cria : — Noël, où es-tu ?

Puis elle fixa au loin la maison de Loustanel, calme, silencieuse, isolée.

— Noël ! cria-t-elle encore, oh non ! tu n'es pas mort ! tu n'es pas mort ! — et si tu ne viens pas, c'est qu'une puissance d'enfer, un démon, t'en empêche.

Plus tard, une consolante idée d'espoir lui apparut : il lui sembla que la Jano-Negro, si puissante, si grande, si bonne, lui serait un haut secours, un appui et peut-être un oracle; mais où la trouver ? Depuis quelque temps les Gitanos étaient plus dispersés que jamais dans le pays; ils ne se réunissaient que par petites troupes, et la Jano, chef souverain, sans cesse errante, s'attachait tantôt à l'une tantôt à l'autre.

La Zingarella se dirigea à tout hasard

vers le Nid-aux-Ours, point de halte et de
réunion des Gitanos, assez éloigné, perdu
dans les moutagnes, où elle avait entendu
dire que Jeanne séjournait précisément la
veille de la disparition de Noël.

Après une longue et pénible route,
elle arriva à la gorge rude et périlleuse où
les Gitanos avaient, en quelque sorte, établi un pied-à-terre, et creusé dans le roc,
déjà préparé par la nature, une excavation
assez profonde qui pouvait servir d'abri,
d'embuscade et de retraite à la fois.

A peine sa tête avait-elle dépassé les
hautes pierres qui avoisinaient cette tanière, qu'une voix sauvage l'arrêta.

Elle reconnut un Gitano et répondit à
son appel.

Le Gitano la laissa approcher, quand il
se fut assuré que c'était une sœur, et

abaissa son espingole qu'il avait tenue
prête et menaçante.

—Que fais-tu là, frère? dit faiblement
la Zingarella.

— La Jano m'a commandé de garder ce
poste avec ces *hombres* que tu vois éche-
lonnés derrière moi dans le sentier, jusqu'au Nid-aux-Ours où l'on retient, je
crois, un prisonnier.

—Un prisonnier! reprit la Zingarella;
avançant toujours.

Le Gitano, après un moment d'hésitation et de débat intérieur, répliqua enfin
résolument.

— Non, mes ordres ne te regardent
pas, car tu devrais déjà avoir ma dragée
de plomb dans la tête; tu es de nos enfans...

Et il reprit indolemment son attitude
d'immobilité.

La jeune fille passa outre et arriva sans

autre difficulté de la part des sentinelles,
jusqu'auprès du Nid-aux-Ours dont l'entrée était soigneusement fermée par une
claie de branchages.

Là, en travers de cette entrée, était cou-
ché un homme.

C'était Iskali-l'Idiot.

Iskali, dont l'âge avait encore déformé
et aplati la face huileuse et repoussante;
Iskali avec ses sourcils épais voilant des
yeux ternes, ses cheveux gras et pendans,
ses membres noueux et rabougris comme
un tronc de chêne; Iskali qui humait l'air
étendu au soleil comme une bête sauvage
après sa curée.

Au bruit des pas de la Zingarella, il se
dressa lourdement, comme un ours se dresse
sur ses pattes de derrière, et la regarda
d'un air surpris et hébété.

Puis il réngaîna avec nonchalance son

kangiar oriental qu'il avait d'abord à demi
tiré du fourreau, et bégaya en chantonnant :

— La Zingarella! la Zingarella !

— Qui garde-t-on là? demanda avidement la jeune fille.

— L'étourneau volait trop haut, on l'a
mis en cage, la Jano l'a dit. — La Jano!

— Son nom?

Iskali regardait complaisamment la
Zingarella, hochant la tête en signe de
plaisir, et ne répondit pas.

— Je veux le voir, reprit-elle; et sa main
s'attacha à la claie qui fermait le Nid-aux-
Ours.

— Oh! fille, je voudrais être bon et
beau à tes yeux comme tu es belle aux
miens; mais la Jano-Negro a dit non, et
la Jano-Negro est plus forte que moi, tu
la connais? c'est elle qui m'a fait cette

raie au front sur la pierre, il y a bien long-temps de cela; oh! je ne veux plus la fâcher.

Un désir violent, irrésistible, aiguillonnait la Zingarella et lui avait rendu toute son impétuosité d'esprit.

— Laisse-moi entrer, te dis-je.

— Tient, enfant, prends ce couteau, mets-le-moi au cœur, tu marcheras sur mon corps pour entrer, et je ne craindrai plus la Jano ni toi.

— Mâle bête! je veux entrer.

— Oh non! la Zingarella! la Zingarella! chanta l'Idiot, d'un ton triste et doux.

La jeune fille adoucit sa voix.

— Iskali! Iskali!

— Iskali!... J'entends mon nom comme une douce musique, il sonne rarement ainsi à mon oreille, car ils disent tous

d'une façon horrible et dure : — l'Idiot !
l'Idiot !

La Zingarella se rapprocha de lui et lui
prit la main.

— Iskali, tu es sensible et bon.

Le pauvre Gitano, en béate extase, souriait comme à un rêve du paradis, et laissait sa main morte et brûlante dans la
main de la jeune fille.

— Tu es bon et tu me laisseras entrer ;
— personne ne le saura.

Elle se penchait sur sa poitrine noire
d'un air suppliant.

— Oh ! fille ! fille !....

Et le corps inerte, apathique, abruti de
l'Idiot s'animait, s'enflammait par degrés,
comme un cadavre qu'on galvanise.

— C'est une grâce ! Iskali ; — tu ne me
la refuseras pas, n'est-ce pas ? à moi qui te
chante des boleros, à moi dont la gaîté te

fait rire quelquefois ; — tu ne me la refuseras pas, — oh non !

Elle mit un bras autour du cou d'Iskali,
et passait en jouant ses doigts effilés dans
les rudes poils de sa barbe.

Iskali n'était plus sur la terre ; ses yeux
éteints s'allumaient d'un feu nouveau ;
toutes les veines de sa face se gonflaient ;
tout son corps tremblait d'une volupté
puissante et inconnue, et sa bouche haletante s'entr'ouvrait avec une expression
étrange, pour laisser échapper des sons
gutturaux et étranglés.

— Laisse-moi entrer, répétait doucement la Bohémienne.

— Zingarella ! toi ! toi ! — tu es plus
puissante... que la Jano ; — qu'elle me tue
d'ailleurs, — je veux mourir à cette heure.

— Oh ! Zingarella ! — je vois une grande

2.   21

lumière, — c'est enivrant et chaud comme
le vin d'Espagne. — Je brûle. — J'ai soif;
— donne-moi à boire; Zingarella, — mon
gosier est sec et brûlant: — oh! à boire!

Et par un instinct de bête fauve, il serra
ses bras crispés autour du corps de la jeune
fille, et la pressa ardemment contre lui,
frénétique, échevelé, écumant.

Soudain elle se dégagea prestement, le
laissa retomber, épuisé, sur la terre, et
entra dans le Nid-aux-Ours. . . . .

. . . .

On y entendit un cri affreux, et deux
corps en sortirent embrassés, rapides, éper-
dus, et prirent en fuyant un chemin détourné, sans que les Gitanos éloignés, qui
se reposaient de la garde intérieure sur
Iskali, s'en aperçussent le moins du
monde.

L'Idiot, morne, anéanti, pétrifié, entendit, vit à peine, et demeura sans mouvement.

CHAPITRE XIX.

Que ce soit Urgèle ou Morgane,
J'aime en un rêve sans effroi
Qu'une fée au corps diaphane,
Ainsi qu'une fleur qui se fane,
Vienne pencher son front sur moi.

Victor Hugo.

C'est elle qui, la nuit, se penche sur ma couche
Vient essuyer mes pleurs et parfumer ma bouche
    De baisers, jusqu'au jour ;
Et pour me consoler, avec sa voix pareille
Aux musiques du Ciel, murmure à mon oreille
    Des paroles d'amour.

E. O.

XIX.

Apparition.

Au milieu de la première nuit que Noël
avait passée au Nid-aux-Ours, les propos
et les rires de ceux qui le gardaient au-

dehors s'étaient tout-à-coup interrompus,
et il avait vu poindre vers l'entrée du re-
paire la lueur d'une lanterne, qui soudain
illumina de mille reflets scintillans les
stalactites qui pendaient en cristallisations
bizarres, ornemens, figures, lustres, pano-
plies, candelabres à la voûte et aux parois
de cette sorte de caverne.

Une sueur glacée dégoutta de tout son
corps.

Il crut qu'on avait choisi cette heure funèbre pour l'égorger.

C'était une femme qui portait la lanterne : elle était seule et d'un sinistre aspect;
la lumière qu'elle avait aux mains éclairait vivement son visage imposant et livide;
les plis de sa *mantilla* rabattue sur sa tête
et de sa robe traînante se perdaient vagues
et indécis dans l'ombre.

Arrivée à pas lents aux peaux de bouc

où reposait étendu le jeune homme, lié,
garrotté, frissonnant, les cheveux hérissés,
elle posa sa lanterne, souleva sa *mantille*,
et de longs cheveux gris et rudes lui tombèrent le long des joues.

Elle se tint quelques minutes debout et
silencieuse...

Et dit enfin.

— Noël! Noël! — regarde moi; — tu
ne sais pas qui je suis, je veux donc te le
dire: — je suis la Jano-Negro! — bien connue cependant; mais connue, il est vrai,
moins de vue que de nom. — Tu étais de
ceux qui ne m'ont jamais vue avant que
j'apparusse aux saules du ruisseau. Depuis,
je dois te sembler un mauvais génie; car,
pour ton malheur, je n'ai point quitté tes
côtés, et j'ai cruellement veillé sur toi. —
Tu ne me connaissais pas, dis-je, et moi, je
te connaissais, Noël. — Je t'ai vu naître; —

je t'ai suivi dans ta vie d'année en année,
d'instant en instant : — j'espère te suivre
ainsi jusqu'à la mort.

Ici la Jano sourit comme à un doux
projet.

Elle continua :

— Je te connais fort bien, comme tu
vois;—je connais aussi ton père, et de plus,
bonheur que tu n'as pas eu, j'ai connu ta
mère. — Il sera maintenant délicieux
pour moi, et pour toi sans doute, de t'expliquer et de te raconter longuement ce
que j'ai fait pour tes parens, ce que je
veux faire pour toi. — Te dire l'amour
avant la haine, l'injure avant la vengeance,
le crime avant le châtiment, pourrait ex-
cuser et pallier mes actes : je ne le dirai
pas. Il me semblera agréable d'être plus
scélérate et plus infernale à tes yeux. —

Ta mère est morte empoisonnée, Noël, — c'est moi qui l'ai tuée.

Noël, d'une crispation instantanée, tendit les cordes qui le retenaient.

— Oh! attends, dit Jeanne, ne t'effraie pas sitôt, ce n'est là rien; écoute-moi. — Elle ne souffrit pas, elle n'eut pas l'ombre de la douleur d'une seule de mes nuits; d'une de ces nuits comme j'en passe depuis plus de vingt ans : aussi ce ne fut là que la première étincelle de ma vengeance; ce ne fut là qu'une goutte d'eau au gosier du chamelier brûlé et haletant au milieu du désert. — Attends!

Depuis la mort de ta mère, je sape le bonheur et la vie de ton père. J'ai fait vingt tentatives de mort et de haine contre lui et contre toi : j'avais toujours échoué... — Je viens de réussir, ma vengeance est pleine et belle autant que peut l'être une

vengeance couvée par une Gitana depuis
vingt ans ; mais elle n'approche pas des
horreurs qui l'ont provoquée. Elle sert
cependant raisonnable et douce à voir. Le
sort, pour mes douleurs, mon attente, mes
tortures, me la devait telle. — Dans deux
jours, la montagne Noire descend révoltée
à Carcassonne ; — je suis l'un de ses chefs ;
tout est dirigé contre ton père ; — sa vie
sera dans mes mains. — Et ne crois pas
que je veuille t'abuser ou t'effrayer ; —
dans deux jours, à cette heure-ci, je t'ap-
porterai sa tête.

— Rêve !.... spectre !.... démon !

S'écria Noël, en se tordant sur les peaux
de bouc.

Jeanne, continua accentuant avec rage et
amertume.

— Spectre ? nón. Démon ? peut-être ;
mais tu ne rêves pas, Noël. Non ! non ! tout

ce que tu as entendu a été dit, et tout ce
qui a été dit s'est fait ou se fera. Oui certes,
merci aux bons ou aux mauvais esprits!
tout cela est bien vrai. — Tiens, fils de
Julien, assure-toi que tu ne dors pas, assure-toi que c'est là de ta chair, et que c'est
là la lame de mon couteau, tiens!

Et avec un sang-froid atroce, une
cruauté calme, elle piqua et repiqua l'é-
paule du prisonnier de la pointe de sa
lame qu'elle poussait mollement et avec
précaution, comme un statuaire attentif·
qui craint de briser son ouvrage, but de
désir et d'amour, en poussant trop avant son
ciseau.

Le sang jaillit dans ces piqûres.

Noël poussa un cri aigu, se dressa, puis
retomba évanoui.

Jeanne le couva d'un regard de feu, et
comme un avare se sépare de son or, après

l'avoir compté et en avoir repu ses yeux,
sortit du Nid-aux-Ours.

Qu'on se fasse, si l'on peut, une idée des
angoisses de Noël pendant les deux horribles jours qui suivirent cette horrible
nuit.

N'avoir qu'une seule pensée, une seule
image, une seule torture en tête, la mort
d'un père bien-aimé fixée à tel jour, savoir
l'heure, le coupable, le complot, sans pouvoir le prévenir, l'empêcher! — être enchaîné, scellé au creux d'un rocher au
milieu des montagnes.

La nuit qui précéda le jour terrible
désigné par Jeanne ne fut pour le malheureux jeune homme qu'une suite de
transports de rage, de vertige et de convulsions, et ce fut le matin de ce jour même
que la Zingarella pénétra dans le Nid-aux-
Ours.

Noël, délivré, fou, égaré, après avoir échappé aux Gitanos en sentinelle, sans ralentir sa course, dit à peine quelques mots de l'horrible secret à la Zingarella, courut, vola à la première maison, au premier hameau, promit de l'or pour un cheval, et s'élança sur la route de Carcassonne, échevelé, et blasphémant à faire pitié.

JEANNE LA NOIRE.

LIVRE DIXIÈME.

CHAPITRE XX.

Des bandes forcenées se ruèrent dans la ville avec ces
idées de pillage qui marchent toujours avec des idées
d'assassinat.

Néat

Preguen la dibino bountat
Qu'a quecouque lou a tuat
Posque son alna aber salbat.

Epitaphe romane.

XX.

La Descente des Montaguards.

Dans la matinée du 17 août 1792, la bonne ville de Carcassonne se réveillait comme à son ordinaire, calme, peu

bruyante, et ne semblait guère se ressentir
des secousses violentes, qui à cette époque
faisaient craquer la vieille France dans
toute sa membrure.

. La journée s'annonçait belle, la vieille
place, marché aux denrées, rendez-vous
des oisifs et des ménagères, étalait aux
yeux un frais et verdoyant jardinage et
d'appétissantes corbeilles de fruits alignées,
rangées et fleuries. •

De tous les points s'élevait un murmure
de voix confuses, que dominaient parfois
des voix plus criardes de marchands, de
paysans, d'acheteurs, de commères, de cau-
seurs; car le marché est la bourse de Carcassonne; c'est là que se colportent et s'éla-
borent toutes les nouvelles du jour.

Dans les maisons chacun reprenait tranquillement ses monotones occupations de
la veille. Ce jour devait ressembler, suivant

l'éternelle loi de la province, à ceux qui l'avaient précédé et à ceux qui devaient le suivre.

Midi sonnait enfin à Saint-Michel, et le clocher aigu de Saint-Vincent lui répondait, quand tout-à-coup un silence de stupeur retint immobiles sur leurs portes et à leurs fenêtres les pacifiques habitans de la rue des Carmes.

Par la porte des Carmes venait de déboucher dans la ville, à l'improviste, sans bruit et sans cris, avec de l'ordre et de la précision, une colonne formidable d'hommes à faces sauvages, en costume de paysans et montagnards, bizarrement armés de faux, de piques, de haches, de faucilles, de bâtons ferrés, de vieux mousquets, d'espingoles et de hallebardes rouillées.

Cette troupe marchait avec mesure et semblait se diriger au cœur de la ville; mais

déjà la tête de la colonne devait l'avoir
dépassé et la porte des Carmes vomissait
toujours de nouveaux rangs, de nouvelles
figures, de nouvelles faux.

Quelques habitans sortis des murs s'à-
perçurent que la suite de ce bizarre cortége, serpent écaillé de fer et de têtes humaines, se perdait derrière la colline qui
flanque Carcassonne au nord.

Le silence, l'ébahissement, la conster-
nation s'étendirent tout-à-coup sur toute
la ville comme une commotion électrique.

Les bourgeois des rues que traversaient
les montagnards, imposans et rangés sur
deux files, les regardaient avec des yeux
hébétés et songeaient à peine à fermer
leurs boutiques. La même stupéfaction
tenait à la gorge tous les agens de l'auto-
rité civile et militaire.

Nous devons dire aussi qu'il eût été folie

de dépêcher contre la nuée de piques et de paysans, l'unique et chétif détachement de soldats qui fût à la disposition des magistrats de Carcassonne. Il ne se présenta donc pas un seul homme à la rencontre des montagnards, qui à mesure qu'ils arrivaient sur la place, s'y formaient en rangs circulaires.

Ils étaient à peu près trois mille.

Quand ils se virent là, réunis, imposans, fiers, bien armés, sans résistance et sans obstacle, une femme, car il y avait parmi eux jusqu'à des femmes et des enfans, une femme, disions-nous, monta sur les tréteaux d'une revendeuse, et harangua cette multitude dans son patois des montagnes.

Trois immenses clameurs lui répondirent.

Les rangs se divisèrent avec entraînement, et, sous la conduite de différens chefs, se dirigèrent sur plusieurs points.

La femme qui avait harangué se mit à la tête d'une horde nombreuse, et se rua avec elle vers la maison des syndics royaux.

Une autre troupe exaspérée et furieuse se porta à l'Hôtel-de-Ville.

Les portes en avaient été précipitamment fermées; la meute montagnarde, avec des juremens, des cris, des imprécations, y porta ses haches et ses cognées.

Sous tant de coups et tant de bras, elles sautèrent sur leurs gonds avec un grincement et un bruit de tonnerre; bientôt une charrette dételée, poussée contre elles en forme de bélier par la force multiple de la foule, les fracassa, broya leurs ferrures, leurs verroux, et les jeta brisées et retentissantes sur les dalles de la cour. Les furieux s'élancèrent sur leurs débris, se précipitèrent sur deux pièces de canon en dépôt dans un endroit reculé du bâtiment,

s'y attelèrent, et sortirent ivres et triom-
phans pour conduire cette artillerie hors la
ville.

Alors commença l'horrible bacchanale
dont la bonne ville de Carcassonne a conservé le souvenir comme du seul désordre
grave dont les années sanglantes de la ré-
volution aient souillé ses murs.

De longues phalanges de femmes hi-
deuses, débraillées, noircies de charbon,
un poing sur la hanche, un poing levé
vers les quelques têtes timides qui parais-
saient aux fenêtres et qui se renfermaient
aussitôt, l'injure à la bouche, une arme
au côté, ouvraient la marche.

Venaient ensuite des groupes d'enfans
déguenillés, chantans, menaçans, hurlans, criblans de cailloux les contrevens et
les devantures de boutiques. Tantôt en-
chaînés par les mains, se roulant les uns

sur les autres et alongeant leurs files dé-
vergondées dans les rues en longues spira-
les, tantôt couverts de boue et de sueur, se
groupant en immenses farandoles comme
une infernale danse de sabbat, une satur-
nale antique, un cortège de Thespis.

Derrière, enfin, marchaient les hommes
en désordre, hérissés de leurs piques, au
son de leurs cornes, et aux cris de *Vive la
Nation!*

Les uns, enceints de longues cordes,
traînaient et poussaient à tour de bras les
deux pièces de canon, où se pavanaient,
comme sur des chars de triomphateur,
ceux qui s'en étaient emparés les premiers.

D'autres, semés, pressés, poussés, devant, derrière et sur les ailes de ces pièces
roulantes, les escortaient avec des chants
et d'affreux hourras.

Les insurgés traversèrent ainsi la ville

jusqu'à la porte des Carmes, arrivèrent au Pont-Rouge et braquèrent les canons, mèche allumée, au-dessus des trois bateaux de blé qui se trouvaient en effet dans le port. Ils placèrent ensuite des sentinelles, maîtres souverains des vivres, des habitans et des magistrats.

Le détachement dépêché contre M. Reynaud revint à ce moment. La femme qui l'avait conduit était encore devant folle et furibonde

Cette femme était à moitié vêtue en homme : un large chapeau ombrageait sa figure et ses cheveux gris ; un jupon court et des chausses de laine, garanties par des guêtres, ne la gênaient dans aucun de ses mouvemens désordonnés, car elle brandissait avec rage un long coutelas au-dessus de sa tête.

C'était la Jano-Negro.

Elle et ses hordes avaient couru à la maison de M. Reynaud, l'avaient visitée, l'avaient fouillée, et n'avaient point trouvé le magistrat; ils avaient ensuite inutilement cherché par toute la ville. M. Reynaud, prévenu à temps, s'était sans doute fort secrètement caché.

La Jano-Negro envoya de ses Gitanos sur toutes les routes, afin de surprendre le premier homme, la première voiture qui tenterait de s'en éloigner.

Le gros des montagnards avait établi son quartier général au Pont-Rouge. C'était-là qu'on devait camper, et déjà quelques tentes grossières s'y étaient élevées.

La Jano, trompée dans son atroce calcul, ivre et furieuse comme une lionne sur la trace de ses petits, cherchait avec désespoir, bondissait çà et là, furetait, fouillait tous les buissons de sa lame, blas-

phémait, donnait des ordres, se meurtris-
sait la poitrine, menaçait, maudissait les
hommes, le sort, l'enfer, le ciel.

Sa troupe craintive et dévouée partageait
son horrible transport, s'éparpillait dans
les champs, dans les habitations voisines,
demandant à grands cris le syndic Reynaud.

Le malheureux vieillard n'était qu'à
quelques pas de ces forcenés.

Échappé de chez lui quelques secondes
à peine avant qu'on vînt l'y chercher, il
était précipitamment sorti de la ville du
côté du canal. Là, il avait rencontré des
traînards de la multititude insurgée; fou,
égaré, il était revenu vers la ville, et s'était
trouvé vis-à-vis la bande qui ramenait les
canons.

Alors, il était tombé à demi évanoui
dans un fossé qui bordait à quelques pas

les bastions du nord, et s'était traîné jusque
sous quelques larges pierres jetées en pont
sur ce fossé, et formant une arche unique,
obscure, étroite et trop obstruée de ronces
pour que le corps d'un homme pût aisément y passer.

M. Reynaud enfonça, brisa les épines
avec son crâne chauve, y déchira ses
mains, et parvint à cacher son corps sanglant et meurtri dans la boue infecte de
ce trou peuplé de rats et de crapauds.

Depuis une heure, une heure d'angoisses
et d'agonie, il entendait près de lui cette
multitude mugir et demander son sang ou
ses lambeaux.

Souvent des pas pressés et impatiens re-
tentissaient, des sabres traînés passaient
sur les pierres qui le couvraient, à deux
pieds de sa tête.

Alors ses cheveux se hérissaient, et il ne

sentait plus les ronces qui lui entraient
dans la chair, les crapauds qui lui passaient, froids et humides sur le visage, et
les rats qui lui rongeaient les pieds et les
mains.

Le non-succès des recherches exaspé-
rait la rage de la Jano, de ses Gitanos, et
des montagnards. Ils couraient tous comme
des insensés.

Une foule de petits enfans de la ville
échappés à leurs mères, et insoucians de
tout danger, couraient avec ces hommes
terribles, et, mus par l'instinct du mal qui
pousse la populace, et surtout les enfans, à
huer le plus faible et applaudir celui qui
punit, cherchaient aussi çà et là.

L'un des plus jeunes, des plus blonds,
des plus gais, côtoyait un revers du fossé
où il cueillait, à chaque pas, des margue-
rites et des *pompons d'or.*

Un plus âgé lui criait :

—A quoi t'amuse-tu? hó! Pétarel! crois-tu pas que cet homme qu'on chercha se soit caché dans le fossé, au grand jour ?

L'enfant se retourna, secoua sa petite tête mutine, et se remit à courir sur le revers du fossé.

Arrivé aux pierres du pont, il se baissa pour ramasser un limaçon bigarré.

Et Reynaud put voir à l'entrée de son trou une jolie tête d'enfant, de belles boucles de cheveux blonds, de fraîches joues bien rosées, et tout cela éclairé d'un riant et beau rayon de soleil.

Cette douce apparition lui fût atroce et effroyable! Cette tête d'enfant lui sembla celle d'un démon apparue à un cabanon de l'enfer, ou celle d'un bourreau passée par un guichet de prison.

Un frisson convulsif l'agita.

L'enfant se retourna et vit dans l'ombre deux yeux flamboyans...

M. Reynaud, l'haleine suspendue, le regardait fixément...

Ce regard était sublime! c'était toute une prière ardente, pitoyable, puissante, dernière, irrésistible, une prière pour la vie, une prière sous la hache, une prière d'homme tourmenté et brisé par la question.

Un moment suprême s'écoula...

Puis, l'enfant à demi effrayé et comme fasciné par le pouvoir magnétique de ce regard surhumain, recula à petits pas, se rapprocha de ses camarades, et se mit enfin à crier à tue tête : — *Es à qui! és à qui!* (il est-là! il est-là!)

Tous les enfans répétèrent ce cri.

Des hommes de la Jano accoururent à ce bruit.

23.

On les dirige, on leur montre le fossé, ils y descendent, se baissent et ramènent une espèce de cadavre sanglant et pâle.

— C'est lui! c'est lui! s'écrie-t-on.

Une affreuse joie éclate dans tous les yeux, dans toutes les bouches. On chante, on pousse des cris sauvages, on danse avec frénésie autour du malheureux.

La Jano accourt haletante, joyeuse, et tremble d'être encore trompée.

Elle le voit et le reconnaît enfin.

De sinistres cris de mort retentissent. De nouveaux groupes arrivent; on se presse pour voir et s'assurer que c'est bien lui qu'on tient.

Reynaud ouvre les yeux et va parler....; mais vingt piques se croisent sur sa poitrine. On brandit les sabres et les couteaux au-dessus de sa tête. On l'entoure et on l'effleure de mille pointes de fer.

Mais la Jano ne veut pas le tuer encore :
elle parle.

Le bruit et les cris, les blasphèmes cou-
vrent sa voix. Le désordre et la fureur aug-
mentent.

Reynaud est là, pâle et sans pouls, sous
les lames!...

La Jano hausse la voix, mais...

Un énorme bâton ferré tombe sur les
cheveux blancs du vieillard.

Au même instant, chaque pique, chaque
poignard déchire sa chair et boit de son
sang.

La Jano s'élance alors pour en avoir sa
part, et hache de coups ce corps débile.

Elle se couvre de ses lambeaux... La
multitude rassasiée du meurtre s'éloigne
joyeuse et ivre de sang.

La Jano reste auprès de la victime.

Quand elle se voit seule, elle s'accroupit

sur les membres sanglans de Reynaud, lui prend la tête à deux mains, essuie le sang caillé qui la couvre, l'échauffe, et aperçoit avec transport qu'il s'en échappe encore un léger souffle et quelques secondes de vie...

Elle passe alors sa main sur le front du moribond, entr'ouvre ses paupières, découvre ses yeux éteints et fixes, et le regarde ardemment face à face.

— C'est moi! Julien! c'est moi!

Une étincelle de sentiment passa sur le visage du vieillard. Ses yeux arrivèrent avec effort à ceux de la Gitana.

— C'est moi! c'est Jeanne! ta vieille maîtresse, ta servante, tu as peine à te souvenir; ceci te semble un rêve!... tu m'as oubliée, et j'ai vieilli...c'est Jeanne! ta maîtresse d'autrefois, et ta maîtresse d'aujourd'hui ; car tu vois, je viens te donner le der-

nier baiser et te confier un secret de joie
et de délices pour t'égayer sous ta tombe.
—Et d'abord je quittai ta maison, tu dois
te le rappeler, par une nuit bien sombre;
cette nuit-là, ta Claire, ta bien-aimée
mourut, et je partis bien gaie... car c'é-
tait moi qui l'avait tuée.

La violence de l'émotion remit quelque
chaleur dans le peu de sang qui restait aux
veines du syndic.

— Ce n'est pas tout, Julien, écoute encore:—Quand je partis, je portais au sein
un enfant dont tu étais le père; — je te le
cachai, et je m'en suis bien applaudie depuis, car cela te souille d'un grand crime
de plus:—tu devins infanticide! Julien,—
infanticide! Tu envoyas des soldats traquer
des bandits dans la montagne; — j'étais le
chef de ces bandits.—Tes soldats prirent et
tuèrent notre enfant ! — Je ne pus jamais

rien apprendre de cet innocent perdu avec
une seule marque, une croix d'ébène au
cou...

Le mourant, comme électrisé, fit un
effort surhumain pour parler...... ses lèvres violettes et entr'ouvertes ne laissèrent
échapper qu'un râle creux.

La Jano continua.

— J'ai juré de m'en venger sur ton fils,
ton Noël; tu l'as perdu depuis quelques
jours, n'est-ce pas?.. Il est dans mes mains,
emprisonné sous des rochers..... Je lui ai
promis de lui apporter ta tête avant de
faire tomber la sienne..... je tiendrai mes
deux promesses, va!...

Les sons qui se pressaient et s'étouffaient
dans le gosier de Reynaud devinrent affreusement saccadés et déchirans..... mais
il ne put articuler une parole intelligible.
Une sale sueur dégouttait de ses cheveux

boueux et sanglans... ses efforts étaient les
contorsions d'un condamné...

— Voilà les secrets que je réservais pour
ta dernière heure, Julien ; voilà de quoi
je voulais occuper ta dernière lueur de
vie. — Maintenant, je suis satisfaite et
vengée; adieu ! meurs avec ces pensées : je
ne veux pas t'en laisser une pour ton Dieu
et l'éternité.

Et elle jeta lourdement la tête du moribond sur la pierre.

Le cadavre demeura sans mouvement.

CHAPITRE XXI.

Elle ne rit pas aujourd'hui, je vous assure ; ses yeux
se tournent, ses bras se raidissent, ses dents craquent.
TOUCHARD-LAFOSSE.

Jure-le moi, par le crâne de ton père.
ROSINE.

XXI.

Le Serment.

———————

A la tombée de la nuit, un jeune homme
se roulait désespéré sur le corps froid de
M. Reynaud.

Près de ce groupe pitoyable, une femme
enveloppée d'une capa brune se tenait debout effarée et stupéfaite, tantôt abaissant
ses regards mornes et fixes sur le cadavre,
tantôt les relevant sur les feux que les montagnards avaient allumés sur la rive du canal; camp sauvage d'où s'échappaient mille
voix d'orgie et d'ivresse fondues en une
seule et immense clameur.

C'était Noël et la Zingarella arrivés au
lieu de cette scène quelques heures l'un
après l'autre.

— Mort!... mort! criait le jeune homme
étouffé de sanglots; il l'ont tué! ils m'ont
tué mon père!—mon père! elle l'avait dit,
la furie!...

— Oh! Jano! Jano! répétait sourdement
la Zingarella.

— Elle l'avait dit! — Mon père! mon
père! Oh! qui me vengera? Qui te vengera?

— Moi, reprit la jeune fille, d'une voix froide et concentrée.

Et s'agenouillant, elle étendit solennellement la main sur la tête du cadavre.

— Moi! Noël, je te vengerai; je le jure sur ces cheveux blancs, sur cette tête de vieillard qu'elle a meurtrie et souillée; — adieu, tu me reverras bientôt.

CHAPITRE XXII.

Pour moi, je ne connais maintenant rien de plus horrible qu'une pensée de vieillard sur un front d'enfant.

                                        BALZAC.

XXII.

Comment réussit un projet de la Zingarella.

———✦———

Après deux jours de campement et de désordre, les montagnards se sentaient hébétés, décontenancés par cet état de

24.

désappointement et d'incertitude où se
trouvent les masses après un succès peu
contesté, et quand elles ont vu s'éteindre en
elles l'enthousiasme et l'exaltation de l'attaque.

Un citoyen de la ville, homme adroit et
éloquent, avait emmiellé cette multitude,
et remis le calme dans ces cerveaux bruts.

La multitude l'avait promené par les
rues, couronné de lauriers, selon son im-
mémoriale et stupide coutume de faire des
idoles de ceux qui la trompent le mieux.

Mais, plus que tout cela, la nouvelle que
des troupes réunies se dirigeaient sur Carcassonne avait décidé la retraite des
insurgés.

Ils reprirent le chemin de leurs montagnes avec autant de frayeur et de couar-
dise qu'ils avaient déployé de forfanterie
à les quitter.

Ils en étaient déjà réduits à craindre
les poursuites et le châtiment, et cherchaient déjà dans leurs rangs les premiers
moteurs de l'insurrection pour en assumer
sur leur tête toute la responsabilité.

La Jano-Negro et ses Gitanos avaient
disparu; elle retournait à ses sites des Pyrénées, voyageant la nuit, passant le jour
sous des roches avec précaution et prudence.

Elle avait su par ses espions que l'auto-
rité, quelque peu instruite de la part qu'a-
vaient prise aux désordres les bandits
qu'elle commandait, avait promptement
expédié des soldats qui battaient les chemins sur ses traces et qui la pressaient
étrangement.

Ce que la Jano ignorait cependant, c'est
que ces investigations, ces informations
exactes, ces poursuites obstinées étaient

l'ouvrage de Noël; elle ignorait aussi que c'était lui en personne qui dirigeait et commandait, ardent et infatigable, d'alertes et vigilans pelotons.

Elle le croyait, la pauvre Jano! bien cadenassé, bien cloué entre le roc et le couteau d'Iskali, et il lui tardait de le revoir pour achever d'éteindre sa haine dans son sang.

Le troisième jour, à une de ses haltes, en un lieu désert soigneusement abrité de rochers dont les fissures nourrissaient de larges et obscures touffes de lianes, à peine escortée de deux Gitanos, car, pour fuir et se cacher plus aisément, elle avait dissous et éparpillé sa bande, elle vit tout-à-coup apparaître la Zingarella.

— Quel étrange hasard t'a conduite ici, fille, et t'a fait échapper à ces démons qui enveloppent chacun de mes pas et qui rôdent si près d'ici que je puis entendre leurs voix et leurs menaces.

—Ton étoile m'a sauvée, maîtresse; elle te sauvera aussi.

—Mon étoile pourrait devenir impuissante..... dit faiblement la Jano, trahissant son peu de confiance.

— Les astres abandonnent donc le meurtrier.

— Que veux-tu dire, fille?..... une Gitana fouiller les actes de la Jano!...... silence!

Les yeux allumés de Jeanne se radoucirent tout-à-coup; elle reprit.

— Mais non, tu es une enfant, une bonne et naïve enfant... je t'aime, et tu viens à moi quand on me poursuit, comme un bon génie;—tu as encore pleuré, n'est-ce pas? Tu n'as pas retrouvé Noël?

Une indicible expression d'horreur dissimulée passa sur les traits de la Zingarella.

Elle répondit mielleusement.

—Je ne l'ai pas trouvé, et j'ai beaucoup pleuré.

— Espère, fille, espère; tu le reverras bientôt peut-être.

—Oui, mère.

La Jano baisa la jeune fille au front.

— Tu seras bien heureuse de le revoir, n'est-ce pas?

— Oh! oui, mère!

— Ne parle pas si haut; songe que nous sommes environnées à quelques pas d'oreilles et de mousquets; le moindre bruit peut nous découvrir.—Tu le verras, fille, ton Noël, c'est moi qui te le dis; tu le verras bientôt.

— Oui mère, et toi aussi...

Et la Zingarella tira une espingole de dessous sa capa et la tira en l'air.

L'explosion, répercutée par les roches, s'étendit retentissante et glorieuse.

Avant que la Jano pétrifiée et les deux Gitanos eussent fait un seul mouvement, ils furent entourés de cent hommes armés et furieux.

CHAPITRE XXIII.

Erudimini qui judicatis terram.

Psaumes.

Tous deux vêtus de noir, portaient, comme les
médecins, le deuil de leurs assassinats.

Pétrus Borel.

XXIII.

Elucubrations judiciaires.

Le bâtiment qui se trouve à Carcassonne
vis-à-vis la geôle, et que les habitans nom-
maient par pudeur le Tribunal, et non le

Palais-de-Justice, était simple, carré, peu
fastueux, et ne contenait qu'une seule et
assez vaste *salle d'audience*, déserte au
moment dont nous voulons parler, et
veuve des glapissemens de ses procureurs
et de ses avocats.

Au-dessus de cette salle, dans une
chambre retirée et judiciairement meu-
blée d'une large table de bois de chêne
et de fauteuils de cuir, deux hommes
étaient penchés sur des amas de paperasses.

L'un griffonnait, l'autre cherchait et
fouillait.

C'était une manière de juge d'instruction et un greffier.

Ils étaient tous deux vêtus de noir.

Le froissement des papiers et le criaillement monotone de la plume interrom-
paient seuls le silence de la lugubre cellule.

Parfois aussi la voix sèche et uniforme du juge d'instruction lisait une pièce tout haut.

Souvent il se contentait de la parcourir en la bredouillant tout bas.

Le greffier écrivait toujours et dévorait son papier.

—Nous pouvons passer aux dépositions, dit-il enfin, en liassant les feuilles qu'il avait noircies.

Le juge chercha et rassembla une seconde liasse.

— Les dépositions ! — les voici !

Il les feuilleta.

— Voici la plus longue et la plus accablante.—C'est celle de M. Noël Reynaud, le fils de notre malheureux syndic.

—Le tribunal ne l'appréciera que comme semi-preuve.

—Le tribunal sera obligé de la prendre

tout entière en considération, car elle est corroborée par vingt autres dépositions diverses ; — elle embrasse tous les faits, les reproduit dans toute leur horreur, en trace un tableau effrayant, et charge la principale accusée avec une véhémence qui tient de la rage.

— Cela s'explique, c'est un fils qui veut venger la mort de son père.

— Une chose m'a frappé cependant. — Obligé de me servir de ce récit circonstancié et terrible dans l'interrogatoire de l'accusée Jeanne, je l'ai vue tressaillir aux phrases les plus empreintes de haine et de fureur, aux passages qui dévoilaient avec acharnement ses trames les plus secrètes ; on eût dit qu'elle reconnaissait la main qui lui portait les coups ; — puis elle a souri d'une façon étrange, et elle a murmuré

— et moi aussi j'ai quelque chose à dire.
—Tu as parlé, Zingarella, tu as fait parler l'amant, je parlerai pour vous deux.

—Elle avait jusques alors refusé toute délation, tout aveu sur les bandits, ses complices; mais, à la fin de l'interrogatoire, elle a paru prête à donner quelques éclaircissemens, et m'a confessé la retraite d'une femme de sa bande qui se cache dans la ville, et contre laquelle j'ai dressé un mandat d'arrêt.

— Et ce mandat d'arrêt a-t-il eu son exécution?

— Aussitôt. Cette femme ou plutôt cette jeune fille est en effet une Gitana, elle a d'abord nié, et s'est recommandée de M. Noël Reynaud; mais confrontée avec les autres accusés, elle a été reconnue pour une fille de leur tribu et complice de tous leurs brigandages; d'autres témoins d'ailleurs l'ont aussi reconnue pour l'avoir vue sur les lieux du déplorable événement; nous la confronterons au tribunal avec M. Noël Reynaud.

— Ces incidens me paraissent en effet singuliers.

— Ne vous semble-t-il pas aussi qu'il y a là-dessous une intrigue qui date de plus loin que le crime, et que ces divers personnages se sont déjà vus et rencontrés.

— Au surplus, les débats éclairciront l'affaire — et nous verrons. — Votre besogne est-elle finie?

— Oui, monsieur; aussi bien voici l'heure de mon dîner.

— Soyez demain exact à l'audience.

Le juge d'instruction prit sa canne, son tricorne, et sortit.

Le greffier rangea les paperasses en chantonnant :

A la monaco
On chasse et l'on déchasse,
A la monaco
On chasse. ...

CHAPITRE XXIV.

Allez, Jeanne, pour un crime de plus, vous ne mourrez
pas une fois de plus.

Michel Raymond.

Le juge a parlé dans la nuit,
Et dans la tombe on me conduit,
Pourtant j'étais ta fiancée ;
Viens, la pluie est longue et glacée.

Alfred de Vigny.

XXIV.

La Cinquième Accusée.

———◇———

Malgré notre répugnance chagrine pour
ces tribunaux, jugemens, cours d'assises
qui se ressemblent tous, dénouement obli-

gé de tant de romans, qui tous se ressemblent aussi, malgré notre invincible pitié
pour cette manière de faire le dernier
acte d'un drame, le dernier chapitre d'un·
volume, qui consiste à copier une séance
criminelle dans la *Gazette des Tribunaux*, à prendre son dialogue dans le
protocole des audiences, les personnages
dans le banc des juges et des huissiers,
son style dans le Code, les pensées dans
les plaidoiries, et sa description dans
vingt ouvrages d'autrui.

Malgré notre invincible pitié, disions-
nous, pour ceux qui, à défaut d'imagination, écrivent trois cents pages sur la punition d'un assassin, et nous retraînent
classiquement, après le chef-d'œuvre de
Hugo, de la Conciergerie à la Cour d'assises, de la Cour d'assises à Bicêtre, et de
Bicêtre à la Grève, nous nous voyons for-

cés, et nous en demandons humblement
pardon au lecteur, de le transporter au
milieu de la salle où l'on jugeait Jeanne
la Noire.

Nous lui épargnerons, et nous espérons
qu'il nous en saura gré, la peinture de la-
dite salle ; nous ne parlerons donc pas des
flots de têtes qui s'y pressaient, du silence
profond et solennel qui y régnait, et de
la sequelle en robe noire qui occupait ses
places ordinaires.

On en était à l'audition des témoins.

Celui qui se levait en ce moment était,
comme tous les autres, à charge.

C'était un petit vieillard courbé, pou-
dré, enveloppé dans une bonne houppe-
lande.

Il déclara se nommer Pierre Loisillon,
ex-marchand drapier.

Il déclara en outre fort bien reconnaî-

tre, malgré les ans qui les avaient vieillis
tous deux, l'accusée ci-présente, laquelle
accusée il avait vue exerçant ses rapines
tant sur lui que sur d'autres compagnons
d'infortune, dans un défilé du Saint-d'Or.

Il cita le jour, l'année, le lieu, et la
somme qui lui avait été soustraite, à lui,
marchand, revenant d'un voyage com-
mercial.

Cela dit, il se rassit.

Jeanne, immobile sur son banc, entre
quatre soldats, lui jeta, sans le reconnaître, un regard morne et insouciant.

Un dernier témoin se leva.

Quelques murmures coururent d'abord
par la foule, et firent bientôt place à un
silence absolu et solennel.

Le témoin était jeune, pâle et vêtu de
noir.

Il commença d'une voix violemment

émue, et entama un récit qui fit frissonner d'horreur tout l'auditoire.

Il raconta son enlèvement, son séjour
dans le Nid-aux-Ours, l'effrayante apparition de Jeanne, ses infâmes promesses.

Il passa ensuite à l'atroce acharnement
qu'elle avait mis à les tenir.

Et quand il se représenta miraculeuse-
ment délivré, courant comme un fou sur
les routes, arrivant haletant, égaré, pour
voir le cadavre de son vieux père, assassiné, souillé, meurtri, la face mutilée, et
ses beaux cheveux blancs teints de sang
et de poussière, ses sanglots étouffèrent sa
voix, ses accens devinrent déchirans.

Toute l'assemblée pleurait.

—Je te reconnais aussi, s'écria-t-il en-
flammé de rage et de douleur, je te reconnais bien, Jeanne, furie pétrie de sang et
de crimes! je te reconnais! et toi, tu dois

aussi me reconnaître, n'est-ce pas? C'est bien moi que tu tenais enchaîné sous les roches, c'est bien moi que tu voulais égorger, c'est bien à moi que tu proposais en souriant d'apporter la tête de mon père!... Horrible! c'est bien envers moi que tu as tenu ton serment — et c'est moi qui jette maintenant la tienne à la hache du bourreau; entends-tu, démon, c'est de ma main que tu meurs... tu meurs par moi.

Jeanne, impassible, souriait encore.

Les débats étaient entendus.

Les juges se retirèrent pour délibérer.

Les regards insultans et railleurs de Jeanne exaspérèrent Noël.

Il s'approcha de son banc, et lui dit avec une fureur concentrée.

— Tu crois donc, louve des montagnes, que tu ne cours ici aucun risque....

— Prends-tu tout ceci pour un jeu? — Penses-tu que ta dérisoire magie te sauvera de la loi, ou que tes Bohémiens viendront te délivrer? — Oh que non pas! — Tu vas les voir entrer, tes exécrables complices, ceux qui n'ont pu m'échapper, tu vas les voir entrer garrotés comme toi, condamnés comme toi, sans espoir et miséricorde, comme toi!

— Oui, Noël, répondit-elle en ricanant; mais tu vas les voir entrer aussi, toi!

— Tu les verras mourir, infâme!

— Toi aussi, Noël, toi aussi!

Et ses yeux étincelaient d'une joie de tigre.

On eût dit que Noël était condamné et Jeanne libre.

Les juges rentrèrent et s'assirent silencieusement.

Un silence lugubre se rétablit.

Le président dit :

— Qu'on fasse entrer les autres accusés. Ils sont complices de l'accusée Jeanne, et convaincus par les faits mêmes qui ressortent de la cause qu'on vient d'entendre : on va lire leur sentence commune.

— Je serai vengé, exclama Noël radieux.

Jeanne, triomphante, le dédaigna d'un sourire.

Un frisson convulsif agita le jeune homme, tant ce sourire de folle et de damnée lui alla au cœur.

Une petite porte s'ouvrit derrière le banc des accusés.

A travers des soldats un homme déguenillé et hideux en sortit.

C'était Iskali l'Idiot.

Il promena un œil stupide sur la foule qui encombrait la salle, et s'assit.

Martello-le-Têtu le suivait.

D'affreux mouvemens de gaîté et d'impatience faisaient mouvoir et crier les fers de Jeanne la Noire; ses regards, ivres et perçans, couraient de Noël à la porte, de la porte à Noël.

Un troisième accusé parut, luttant et furieux contre ses gardes.

C'était Barbodor-l'Ecorcheur.

A la vue de Jeanne, sa maîtresse, paisible et résignée dans les chaînes, il devint faible et doux comme un agneau sous la lame du boucher, et courba la tête sur sa poitrine avec un grondement sourd.

Jeanne pencha le cou avec avidité vers la porte.

Trois gendarmes en sortirent, soutenant une femme chancelante et voilée.

Noël eut un horrible serrement de cœur.

Tout le monde allongea la tête.

Un homme noir se leva et lut un arrêt de mort qui condamnait Jeanne et ses complices à avoir *la tête tranchée* en place publique, par l'instrument de supplice nouvellement inventé par le docteur Guillotin, et déjà en plein usage à Paris.

Les jambes de l'accusée voilée fléchirent.

Un gendarme lui ôta son voile!

On entendit à la fois deux cris! — deux cris horribles, l'un de mort et de désespoir, l'autre de haine et de raillerie infernales.

— Je serai vengée aussi, Noël! cria une voix tonnante.

Noël tomba évanoui.

Des clameurs confuses éclatèrent parmi l'assistance inquiète, effrayée et ignorant absolument les causes de cet incident.

CHAPITRE XXV.

Diès iræ, dies illa !

Comte de Leicester, vous me tenez parole ; vous m'aviez
promis votre appui pour sortir de prison, et vous venez me
l'offrir.

SCHILLER.

La Providence est le nom de baptême du hasard.
La duchesse DE COLONY.

XXV.

La Geôle.

———

Le 25 décembre 1792, la fête de Noël ne devait point se célébrer. La brillante et pittoresque messe de minuit n'a-

vait point été chantée ; les églises, les chapelles, obscures et désertes, étaient demeu-
rées veuves, pendant cette froide nuit
d'hiver, de chants, de cierges, de fleurs, de
bergers avec leurs agneaux enrubannés, de
joyeux noëls, de prêtres en chapes d'or,
et de la multitude pieuse qui tous les ans,
à Carcassonne, se pressait en grande pompe
à cette belle solennité.

Le jour devait être encore plus triste.

Un sacrifice devait avoir lieu, non plus
dans le chœur illuminé de la cathédrale,
mais bien sur la Place-Vieille.

Un sacrifice, avec l'échafaud pour autel,
le bourreau pour officiant.

A six heures du matin, un vieillard
enveloppé d'un manteau brun, la tête cachée sous un capuchon, sonna à la première grille de la geôle.

Un geôlier se présenta.

— Ouvrez ! c'est le père René.

L'homme hésita et ouvrit enfin.

— Que voulez-vous ?

— Voir les condamnés à mort.

— Parlez à M. Bellille, qui justement se trouve ici.

Le geôlier introduisit alors le vieillard dans une salle basse et enfumée, et le mit face à face avec un individu en écharpe tricolore, en chapeau à plumes, qui lisait quelques papiers.

C'était un commissaire, que sa charge avait, dès le point du jour, appelé à la prison.

Le vieillard releva son capuce et s'inclina.

— C'est vous, père René, dit le commissaire étonné, qui vous envoie ?

— Dieu et mon devoir. Avant que notre couvent fût fermé, mes frères dispersés, notre sainte chapelle pillée, avant

que je fusse réduit à cacher ma robe de
bure sous des habits séculiers, j'avais la
mission de porter la consolation au cœur
des malheureux qu'atteignait la loi. Je
pénétrais dans leur cachot, et je les accom-
pagnais jusqu'au pied du gibet. — Les
hommes qui m'ont démis de ma charge,
ont laissé le bourreau dans la sienne. —
Il condamne toujours; j'ai toujours ma
tâche à remplir. — Me voici! — Je suis
venu, parce que je savais qu'on ne me re-
pousserait pas, que le condamné ne rati-
fierait pas l'arrêt de ces hommes et ne me
dirait pas : Prêtre, à l'heure de la mort, je
n'ai pas besoin de toi. — Je suis venu enfin,
parce que je savais que nos magistrats,
tous paisibles habitans de cette ville, gé-
missent et pleurent sur les actions des
puissans du jour, et qu'ils n'empêcheraient
pas un vieillard, un prêtre à cheveux

blancs, d'être secourable et fidèle, dans le
secret, pendant le peu de temps qui lui reste
à vivre.

—Père, vous ne vous êtes point trompé,
ni moi ni mes collègues nous ne nous
opposerons à ce que vous remplissiez
votre saint ministère; je m'afflige seulement que les circonstances nous forcent
à ne vous le laisser accomplir qu'en secret
et comme en fraude. — Vous seul péné-
trerez auprès des prisonniers.

— Un autre aurait-il essayé?...

— Oh! un jeune homme, le fils de défunt M. Reynaud, que l'on croit même
fou depuis la condamnation de Jeanne,
tant il y a d'extravagance et de contradic-
tion dans son cerveau. Depuis trois jours
il prie, il crie, il pleure auprès des juges,
du président, de l'accusateur, du geôlier;
il veut parler aux prisonniers, il veut qu'on

leur fasse grâce; il dit qu'ils sont innocens, qu'il le sait, qu'il en est sûr, et notez que les crimes sont indéniables, et qu'il a été lui-même un des témoins les plus accablans.

— A-t-on en effet formé une demande en grâce?

— C'est ce qu'il veut obtenir; mais le peut-on; y a-t-il quelque circonstance atténuante, quelque considération? Est-ce une déplorable erreur, un moment d'égarement, une funeste passion qui ont poussé ces gens-là au meurtre? Non, certes, ce sont des bandits endurcis à l'assassinat, sans remords et sans pitié, qui ont tué, volé, pillé, tous les jours de leur vie.

—Mais il y a, dit-on, une jeune fille.

— Oui, une jeune fille qui est née parmi ces brigands, qui a été élevée avec eux, qui a pris part à tous les carnages et à

toutes les dépouilles, qui a eu une pièce
d'or de tous les vols, et une goutte de sang
de tous les cadavres.

A ce moment, une voix enrouée et furieuse cria à travers la grille d'entrée, et
la cloche tinta précipitamment.

Le geôlier accourut,

Le commissaire dit au moine:—Allez,
mon père, vous n'avez point de temps à
perdre, et ces malheureux non plus; l'exécution est pour huit heures précises.

— Merci, Monsieur. Je vous remercie,
moi; Dieu vous récompensera.

Le moine entra dans un long corridor,
conduit par un guichetier.

La voix criait toujours à travers la
grille.

—Ouvrez-moi, au nom du ciel, ouvrez-
moi ! — j'ai l'ordre. — Ouvrez-moi !

Le geôlier résistait.

Le commissaire survint.

— Ouvrez-moi !— Voici l'ordre.

Et Noël tendait un papier entre les bar-
reaux.

Le commissaire ému en reconnaissant
le jeune homme, prit le papier et le lut.

C'était un ordre en bonne forme de
laisser passer le porteur jusqu'aux prisonniers.

Noël se précipita alors dans le vestibule
voûté, traînant après lui le geôlier qui devait l'introduire.

Le cachot des Gitanos était une salle
carrée et humide qu'éclairait un seul
rayon de jour filtrant à travers une haute
fenêtre.

C'était un beau tableau que ce cachot,
à l'heure qu'il était.

Le rayon de jour tombait d'aplomb sur
la barbe blanche et la face belle et véné-

rable du père René debout, drapé de son manteau brun et parlant avec onction.

Près de lui étaient deux femmes demi-nues, demi-cachées sous la paille, pâles et les cheveux épars; l'une calme et ferme, l'autre penchée et mourante.

Plus loin, trois hommes en haillons, velus, affreux, demeuraient immobiles, couchés dans l'ombre comme des bêtes brutes.

Tout-à-coup les verroux grincèrent, la serrure craqua.

Le moine tressaillit à ce bruit de fer; mais pas un des condamnés ne s'émut.

La porte s'ouvrit et vomit Noël, qui d'un coup-d'œil embrassa l'enceinte de la salle, se précipita vers la Zingarella, et, hale-tant, l'étreignit de ses bras.

— La voici!

Puis soudain calme, composé, rampant,

dévorant des sanglots et des larmes, il se
leva et s'alla mettre à genoux devant
Jeanne.

—Jeanne ! Jeanne ! c'est moi ! c'est Noël
qui vient dans ta prison, non plus Noël
ennemi, furieux, implacable, accusateur,
bourrelé de haine et insatiable de vengeance ; non plus Noël triomphant et ve-
nant insulter à ta défaite. — Oh non ! —
Noël brisé, vaincu, demandant grâce, suppliant à tes genoux, à ta merci, ton prisonnier, ta victime, ton esclave. — Écoute,
Jeanne. — La haine était entre nous deux
seuls, c'est ma tête qu'il te fallait, c'est moi
seul que tu poursuivais, moi mort, tu de-
venais contente et heureuse. Je t'ai échappé
et tu dois être bien peinée ; — eh bien !
tiens, prends ce couteau que j'ai caché là.
—Me voici ! voici ma poitrine, pousse-le
au cœur, — et délivre cette enfant que

tu vois là, demi-morte;—délivre cette jeune
fille qui est innocente, qui est pure de
tout ce dont on l'accuse; dis qu'elle n'est
pas coupable, que jamais elle n'a été ta
complice, qu'elle était si jeune, si belle, si
douce, si gaie, si rieuse! dis tout cela,
Jeanne, et on te croira, et on la sauvera.—
Et je dirai tout cela de toi; car je veux
te sauver aussi, moi, je dirai que j'ai menti
au tribunal, je dirai que tu es bonne et
pure. — Mais non, tue-moi d'abord et
sauve la Zingarella qui ne t'a rien fait,
tue-moi, moi qui t'ai conduite ici; ma vie
est ce que tu désires de plus précieux et
de plus doux, prends-la; tue-moi, tu auras
ton cadavre, ta haine sera éteinte, ta vengeance complète, et ta mort joyeuse si on
te fait mourir. — Tue-moi, mais sauve la
Zingarella...

Jeanne se leva, et le dominant de toute

sa taille, abaissa sur lui un regard mépri-
sant et dérisoire.

— Ah Noël ! tu es bien fou et bien osé
de venir m'implorer, bas et servile, quand
je suis grande et puissante d'un triomphe
que j'ai payé de ma vie, quand je n'ai que
quelques minutes à jouir de ce bonheur qui
me coûte tant. — M'en crois-tu déjà lasse
et satisfaite? — et que veux-tu me donner
en échange? — Ta vie! qu'en ferais-je?
ne vois-tu pas que j'ai su t'arracher quelque chose de plus cher, une vie qui t'est
plus précieuse que la tienne; ne vois-tu pas
que tu souffriras davantage en vivant après
elle, et que tu mourrais avec délices si je
la délivrais; ne vois-tu pas que je serai
mieux vengée, et ne sais-tu pas à l'avance
mon choix et ma résolution?

—Continue, Jeanne, continue, soulage
ta colère, épanche sur moi ton venin et ton

fiel, abreuve-moi d'outrage, je suis à tes genoux ; marche sur ma tête, crache sur ma
face, roule-moi dans la poussière. — Ce
serait trop peu de me faire mourir sans me
faire essuyer ces flots de haine gangrenée
qui te rongent le cœur depuis si long-temps.
—Épuise-les sur moi, je m'y soumets, me
voici ;— mais ensuite, dis que la Zingarella n'est pas coupable et je te bénirai.

— Oui, mais ce serait aussi trop peu
que de te laisser à ta mort une consolation,
un espoir, une joie.—Dérision ! tu as donc
oublié ce qu'est la Jano-Negro, et ce qu'est
sa haine, pour lui demander à cette heure
une telle grâce!

— Oh! n'as-tu donc point assez fait pour
ta vengeance.—Rappelle-toi, Jeanne, comment tu m'as poursuivi et comment tu m'as
traité depuis le berceau. — J'avais un père
que j'idolâtrais, un père, mon seul ami,

mon seul bonheur, tu me l'as tué.— Mon
père, le dernier bien qui me restât ! car à
peine étais-je né que ma mère est morte,
ma mère que je n'ai jamais vue, jamais em-
brassée, ma mère que j'ai tant pleurée, ma
mère que j'aurais tant aimée, qui, je le sens,
a manqué à ma vie; ma mère que j'aurais
voulu, au prix de mon sang, serrer une fois
sur ma poitrine. — Ma mère est morte
aussi et c'est toi aussi qui l'as tuée. — Il ne
restait plus que moi ! Or, voici que tu
m'atteins, que je suis en ta puissance et que
tu peux verser les dernières gouttes de ce
sang que tu abhorres, — et tu veux y
ajouter encore celui de cette innocente qui
t'est bienveillante et amie !—Oh! non, tu te
contenteras du mien, car tu es bonne au
fond, et si tu me hais, eh bien, c'est juste,
car je t'ai haïe.—Sauve-la, Jeanne sauve-la.

Dépêche-toi, parle, car ils vont venir, ces soldats... sauve-la.

Et Noël, tremblant et divagant comme dans un accès de fièvre, baisait les pieds et la robe de la Gitana.

Celle-ci répondit avec une ironie déchirante :

—Oui, Noël, je sauverai la Zingarella; je dirai qu'elle est innocente, je la délivrerai !—et moi, moi, dont les crimes sont prouvés, moi que personne ne sauvera, je demeurerai ici, n'est-ce pas, j'irai à l'échafaud, et je pourrai rencontrer sur mon chemin votre cortége de noce, à vous joyeux amans, avec des rubans, des fleurs et des chants.

—Non, je te sauverai aussi, je te l'ai promis, je te sauverai, je te l'ai déjà dit.

Jeanne s'exaspéra par degrés.

—Ne raille pas, vipère maudite, ne

raille pas; comment? par qui? par quel
moyen me sauveras-tu? cela t'est-il possible, misérable, après ce que tu as fait?
non, tu ne me sauveras pas! — Tu m'as
conduite ici, tu m'as condamnée, tu me
verrais mourir et tu en rirais avec elle.—
Non! non! — Oh! je la délivrerai comme
tu me délivreras. — J'aurai ma dernière
joie tout entière.

Noël, épuisé, accablé, retomba sur les
dalles humides du cachot.

Le moine, qui jusqu'alors avait vaine-
ment essayé d'élever la voix, s'approcha de
Jeanne, et lui dit en pleurant :

— Ma fille, soyez miséricordieuse, afin
que Dieu vous le soit à vous-même. Vous
n'avez plus que quelques minutes, j'entends les apprêts.,..... Soyez miséricordieuse.

Jeanne détourna la tête avec impatience et dégoût.

Noël se releva en délire, les yeux hagards.

— Jeanne ! Jeanne !.... une prière ! — une grâce ! — Mais vraiment je ne sais plus que te dire, moi ! — Je ne trouve rien dans ma faible tête. — Que veux-tu? — Que te faut-il? — Comment faut-il te prier? — Comment pourrais-je t'émouvoir, te toucher?—car tu as une ame enfin. — Je ne sais que faire ! — aie pitié de moi!—pitié! Jeanne! pitié pour moi! pitié pour cette enfant! Vois comme elle souffre, comme elle est misérable, comme elle est pâle et maigre ! elle a déjà eu tant de mal ! — Tu ne peux être jalouse de sa jeunesse et de sa beauté, car elle est bien changée, elle est presque morte : pitié pour elle ! — Sauve-la, écoute ces bruits d'ar-

27.

mes; ces préparatifs... Sauve-la, ils vont entrer !

Le jeune homme se traînait, se tordait, élevait ses bras vers Jeanne, embrassait ses genoux, lui baisait les mains.

Jeanne se baissa, lui ricana horriblement au visage en hurlant d'une voix atroce. — Sauve-moi et je la sauverai.

Noël se releva, effrayant et terrible, son couteau à la main.

— Ah ! infernale hyène... attends ! — Mon père; ma mère, ma bien-aimée! je vous vengerai de ma main !

Il se précipita rugissant.

Jeanne souleva avec rage une pesante chaîne de fer, en criant! — Ta mère! viens mourir comme elle.

Le moine s'élança entr'eux, et d'une main saisit Noël à la gorge; le vêtement céda à la violence de la secousse, et se déchira, la

poitrine du jeune homme se découvrit, et
une petite croix d'ébène suspendue à son
cou apparut détachée et vacillante.

—Viens, continuait-il, viens, Jeanne.—
Un dernier baiser d'amitié et de sang.

Jeanne s'arrêta, recula, laissa tomber
sa chaine, bondit jusqu'au jeune homme
dont le moine retenait encore le bras, saisit
cette croix à deux mains et l'examina
comme une folle.

— Oh! cette croix! — Noël, tiens!
frappe, je ne me défends pas! frappe, mais
dis-moi à qui tu as pris cette croix.

Le père René et Noël y portèrent les
yeux, étonnés.

— Arrière ta main souillée, reprit le
dernier; Jeanne toucher à ce gage précieux!
— Arrière!

C'est là, infâme, le seul bien et le seul.

héritage qui me reste de ma mère que
tu as assassinée.

— De ta mère! articula Jeanne haletante,
de ta mère! comment! parle, mais parle...
à toi! — cette croix! — depuis quand?...

— Depuis le berceau. — Mon père m'a
dit qu'elle me venait de ma mère. — Ma
mère! entends-tu meurtrière?

— Toi! — le fils de Claire: — cette croix!
— c'est bien elle! — mon enfant la portait,
c'est bien elle! — Mon enfant qu'on m'a
pris! que la maréchaussée m'a volé!

Le moine interrompit de sa voix tonnante.

— Silence! êtres maudits, silence! —
Le Seigneur permet qu'une trame horrible
se dévoile pour votre châtiment! — Il y a
vingt ans à peu près, tes bandits, Jeanne, me
prirent cette croix; je la reconnais à ces
mots latins que j'y avais gravés, et tu la sus-

pendis au cou de ton enfant. — Plus tard,
quelque temps avant sa fin, le malheureux
syndic Reynaud, me confia sous le sceau
d'une confession que je puis ici révéler,
que Noël n'était point son fils; mais bien
un enfant trouvé par des soldats dans les
montagnes, qu'il avait recueilli et élevé
comme s'il eût été le sien propre; il me dit
aussi que cet enfant portait un seul signe à
son cou; mais il ne m'expliqua pas quel
était ce signe. — Maintenant je le vois; à
cette heure, j'apprends aussi, Jeanne, que
tu perdis l'enfant que j'avais vu sur tes genoux, et que tu avais paré de ma croix. —
Tout se réunit et s'éclaire d'une affreuse
lumière.—Tuez-vous, égorgez-vous maintenant. — Horrible mère, voilà ton fils!
— Enfant réprouvé, voilà ta mère!

Un tremblement de démoniaque tordait et agitait les membres de Noël et

de Jeanne, à mesure que ces paroles empoisonnées sortaient de la bouche du moine; ils étaient tous deux baignés d'une sueur glacée, et leurs cheveux se hérissaient sur leurs têtes.

A la fin, la mère, la bouche béante et muette, les yeux fixes et ternes, sans souffle, sans vie, sans idée, tomba lourdement à genoux devant son fils.

Noël se pencha sur elle, et la gorge obstruée de rauques sanglots, laissa enfin échapper ces mots.:

—Ah!... c'est vous qui êtes ma mère... vous ma mère!... je puis la revoir... c'est vous, cette mère que j'ai tant rêvée et tant pleurée.

— Mon enfant!... Noël!—mon enfant... j'ai été si malheureuse... et tu n'étais pas mort... et j'ai tué ton père... et je voulais te tuer!... Oh... enfer!... Dieu est un démon !... c'est lui qui m'a trompée et qui me poussait...

—Ton fils, moi! toi, ma mère!—et mon père, m'a-t-il aussi perdu? a-t-il aussi poursuivi et maudit son enfant?

— Ah! Noël! dernier secret de cet atroce mystère! dernier anneau de cette infernale chaîne! — Ton père! c'était Julien Reynaud! et il ne l'a pas cru, il ne l'a pas su! sort maudit! c'était lui! —Son mariage, cause de ma haine, avait détruit son ancien amour pour Jeanne, — et Jeanne s'en est vengée.—Ah! elle s'en est bien vengée, la possédée.—O mon enfant!

—O ma malheureuse mère.

— Mon enfant, je vais mourir; — dis que tu me pardonnes tous mes crimes;— pardonne-moi.

— Mère, je te pardonne.

Alors un embrassement long, délirant,

inexprimable, un embrassement de bienheureux et de damnés, d'horreur et de
délices, enlaça la mère et le fils.

Tout-à-coup Noël se recula égaré et furieux.

— Mais, moi aussi je suis meurtrier,
moi aussi je suis assassin, moi aussi je suis
parricide. — C'est moi qui t'ai poursuivie
et livrée.

— Oh! je te pardonne comme tu m'as
pardonnée,

— Mais, tu vas mourir, toi, ma mère!
tu l'a dis, tu vas mourir au moment où je
te retrouve! — Ce n'est point un rêve, — tu
vas mourir! oh non! il faut que je te sauve;
— tu ne peux pas mourir! on ne peut t'arracher à moi, maintenant que nous nous
connaissons et que nous allons bien nous
aimer.

Et il courait çà et là par le cachot comme

pour chercher une porte, une issue.

— Comment! est-ce que nous ne pourrions pas sortir d'ici maintenant? — ce serait trop effroyable! — c'est impossible, — ouvrez-nous! ouvrez-nous! Oh! pas une porte! ouvrez-nous donc! — c'est ma mère, — et ma mère doit être respectée!

Et il déchirait ses ongles sur les verroux.

On entendit un bruit de pas dans le corridor.

— Mes enfans, dit le moine, à vous toute votre force et toute votre résignation. — Le moment s'approche; — songez à la mort.

— Tais-toi, prêtre, lui dit Noël, tu es fou... personne ne doit mourir; je vais parler aux juges, aux soldats, aux geôliers.

Les ferrures de la porte résonnèrent.

Les gonds crièrent, et des gendarmes
parurent, conduits par deux hommes.

— Vous venez nous délivrer, dit Noël,
n'est-ce pas? car vous savez que tout le
monde ici est innocent! — On doit par-
donner. — Vous savez aussi que Jeanne
est ma mère; elle est ma mère, messieurs,
et elle devient sacrée, entendez-vous? —
m'écoutez-vous? moi le fils du syndic, —
elle est ma mère. Laissèz-nous passer!

Les officiers publics pensèrent que ce
jeune homme était tout-à-fait devenu fou,
et, pour toute réponse, l'éloignèrent et en-
tourèrent les prisonniers.

— Qu'osez-vous faire, brigands? — retirez-vous, que venez-vous faire?

— Monsieur, dit un officier, nous ve-
nons remplir un devoir pénible, notre emploi nous y oblige.

— Vous mentez, vous n'avez pas d'ordre. — Attendez, je vais parler aux juges, au président; vous verrez. Attendez, scélérats, c'est ma mère, vous dis-je !

— Tout retard est impossible, il est huit heures moins cinq minutes, l'exécution est pour huit heures précises, et tout est prêt.

Les gendarmes saisirent Jeanne, les Gitanos impassibles, et la Zingarella à demi évanouie.

A cette vue, l'aliénation de Noël monta à son dernier période.

— Ma mère!... la Zingarella !... l'exécution!

Il se jeta à genoux, supplia, et rampa aux pieds des gendarmes.

Jeanne se souvint, et dit d'une voix sourde à l'officier, que la jeune fille était innocente, et qu'elle voulait démentir sa première déposition.

— Aveu tardif et inutile, répliqua le substitut de l'accusateur public; il y a des preuves et des témoignages certains : le tribunal a été irrévocablement éclairé et s'est montré juste. — Gendarmes, en avant!

Noël s'attachait à eux avec des hurlemens frénétiques. Il n'avait plus rien d'humain; sa folie était devenue muette et furibonde.

On le repoussa.

Il s'élança de nouveau, jeta ses bras autour du cou de Jeanne, et s'y cramponna avec les convulsions d'un noyé.

Jeanne eut la force de lui donner un dernier baiser.

Les gendarmes essayèrent de le détacher de cette étreinte.

Alors une lutte affreuse s'engagea.

Ils se réunirent enfin. Un homme s'attacha à chacun de ses membres, on l'étreignit, on l'arracha du corps de sa mère, on le retint, on le bâillonna comme un misérable aliéné.

Et on emmena les condamnés; le père Réné les suivit.

CHAPITRE XXVI.

Les rues par où il passait estaient toutes tendues à ciel
et pareillement les carrefours garnis de peuple à grand
foison lequel criait Noël de joye.

ALAIN CHARTIER.

XXVI.

Le dernier Gitano

—————

Sous les platanes de la Place-Vieille, une immense foule mugissait d'impatience, et se pressait jusqu'au pied d'un hideux échafaud nouveau pour elle.

Parmi cette foule était un homme immobile, farouche, qui de temps en temps laissait voir sous son large chapeau un visage pâle, dont les yeux étaient voilés, les lèvres écumantes, et dont tous les traits se tiraillaient, se contractaient avec des efforts inouïs, pour garder une expression calme; un visage de damné qui voudrait dissimuler ses tortures.

Cet homme était aussi venu, curieux, pour voir le supplice.

Un passant l'avisa par hasard.

— Compère, j'arrive de la campagne. Pourriez-vous me dire combien il y a de femmes parmi les criminels que l'on exécute aujourd'hui?

L'homme ne répondit pas.

Il était muet.

Bientôt d'étourdissantes clameurs annoncèrent l'apparition des condamnés sur la place.

L'homme se pencha sur l'épaule d'un voisin et s'efforça de regarder, mais il ne put voir encore que les madriers rougeâtres de l'échafaud, qui se dressaient dans l'air et allaient caresser les feuilles des platanes où chantaient de petits oiseaux.

Son coup-d'œil s'abaissa sur les lugubres planches, avec une force surhumaine.

Cette fois, égaré, il entrevit comme dans un rêve, comme un souvenir, une tête d'homme qu'il connaissait, qui souvent lui avait parlé..... puis il lui sembla que cette tête volait séparée du tronc.

Deux secondes têtes d'homme apparurent aussi et tombèrent.

Il s'essuya au front une sueur glacée.

Ce fut ensuite une jeune fille, belle,

blanche, éteinte, déjà morte, dont le cadavre roula mutilé.

L'homme se courba pour échapper à l'horrible vision ; son esprit s'imaginait confusément une cinquième victime, et, accablé, fléchissant, il voulait se dérober à ce spectre.

Il demeura prosterné jusqu'à ce qu'un coup sourd et métallique vint lui remuer la moëlle des os, comme le réveil du songe.

Alors il se redressa. — Tout était fini !

Mais le malheureux n'évita pas la cinquième tête !

Le bourreau l'avait saisie par ses longs cheveux gris et la présentait au peuple, tranchée, saignante, chaude encore, la bouche ouverte, les yeux clignotans, ses dents grincées...

L'homme alors s'arrêta à la contempler stupidement.

Au bout de quelques minutes, une lueur de raison lui revint, et il quitta sa place à pas lents.

En même temps la foule s'écoulait satisfaite et rassasiée.

Quelques uns racontaient qu'ils avaient bien vu, vu de très-près, vu de si près, que quelques gouttes de sang humain, lancées par l'énorme couperet, leur avaient jailli au visage.

Epilogue.

Quand ouvrant son œil jaune et remuant sa peau.
Le crin dur, il voulut comme l'antique athlète,
Sur son col musculeux, dresser toute sa tête,
Lorsqu'enfin il voulut, le front échevelé,
Rugir en souverain, — il était muselé.

AUGUSTE BARBIER.

———— ·◆· ————

Noël était un jour agenouillé, au cimetière de Saint-Vincent, sur la tombe commune de la Zingarella et de Jeanne, à

la place où cette même Jeanne, bien des
années auparavant, avait comploté son
enlèvement et sa mort.

Là, il pleurait, méditait, faible, souffrant,
les organes affaiblis par une maladie ré-
cente, et obsédé par des idées de suicide nées
du délire et de la fièvre qui le poursuivaient
depuis deux mois, depuis les scènes de
prison et d'échafaud, et qu'une active
surveillance l'avait jusqu'alors empêché
d'exécuter.

Or, ce jour-là il était parvenu à se rendre secrètement au lieu funéraire qu'il
avait choisi pour théâtre du dernier meurtre et de la dernière expiation.

Dans quelques instans le cadavre du fils
allait devenir le mausolée et la sanglante
épitaphe du cadavre de la mère.

Réveillé d'une poignante extase, il commença une prière.

—Mon Dieu! mon Dieu! quand vous
donnez la vie aux hommes! amère et triste
coupe, vous mêlez un peu de miel à l'ab-
synthe qui la remplit; aride et sauvage
désert, vous le semez de loin en loin d'om-
brages, abris et soutiens du voyageur. —
Quand vous donnez la vie aux hommes
vous leur donnez aussi, pour les aider à
la supporter, une femme, un père, une
mère!... — Voici qu'à mon berceau, moi,
pauvre enfant, j'ai été orphelin. — J'ai
vécu cependant, j'ai rampé long-temps
comme le lierre loin du chêne qui le
nourrit et l'élève. — Voici que bientôt je
cause la mort d'un père qui me restait,
voici qu'enfin, horreur! il ne m'est permis
de savoir que j'ai une mère qu'au moment,
où, parricide, je la pousse sous la hache,
avec une enfant! mon Dieu! une enfant
innocente, une enfant de seize ans, que la

fatalité a mêlée à mon affreuse destinée!
Seigneur! Seigneur! ayez pitié de moi!
vous ne pouvez point permettre que moi,
moi, la cause et l'instrument de ces meurtres, de ces effroyables choses, je demeure
ici-bas en trophée, en monument de votre
colère, moi l'assassin, moi le bourreau!
avec ce sang qui me salit les mains, ce
sang... d'une mère; ces têtes qui se dres-
sent autour de moi, ces soldats, ce linceul,
ce peuple, ces fantômes..... oh Seigneur
ayez pitié de moi! pardonnez-moi ma
mort! — Mon père, ma mère sont dans
la terre; dans la terre, au moins, je ne serai pas orphelin, je serai avec eux; là peut-
être commencera la vie douce, paisible
qui nous était promise en ce monde.....
Jeanne! ma mère! la Zingarella!.. ma fiancée!.. des fleurs!.. dansez jeunes filles,..

fête aujourd'hui à Loustanel... Zingarella! ma mère!

Et dans un accès de frénésie fièvreuse, suant, convulsif, il se roula sur l'herbe humide des tombes.

Il y resta quelques secondes sans mouvement.

La force et la fixité de son projet subjuguèrent enfin l'anéantissement physique.

Il se releva et répéta d'une voix calme et profonde.

— Seigneur! Seigneur! ayez pitié de moi, pardonnez-moi ma mort!

Puis il jeta les yeux autour de lui comme pour s'assurer de son isolement.

Le cimetière était silencieux.

On n'entendait que la voix plaintive du ramier et les chants langoureux de la mésange sous les branches des cyprès.

Noël arma un pistolet, le posa sur une
pierre, et leva les mains au ciel.

— Ma mère !

Un bruit léger glissa derrière lui, et,
avant qu'il se fût détourné, deux mains fu-
rieuses lui serraient la gorge, comme le
nœud d'une potence, et des ongles de cha-
cal s'enfonçaient dans sa chair.

Et il vit au-dessus de sa tête une atroce
figure qui riait, qui écumait, qui hurlait.

L'effet de cette apparition fut suprême,
inouï, miraculeux ; la terreur électrisa
Noël, ses nerfs se tendirent instantanément
avec désespoir, et réveillèrent dans son
corps souffrant et brisé un incroyable élan.

D'un bond il se trouva face à face avec
le monstre.

C'était Matéo-le-Muet.

Matéo-le-Muet qui l'avait épié depuis la
mort de Jeanne, qui n'avait vécu jusqu'à

ce jour que pour la venger et le mettre en pièces, qui l'avait suivi pas à pas, et qui maintenant le tenait à la gorge, lui, accusateur de la Gitana... lui, Noël...

Par une anomalie étrange, Noël, sur le point de se tuer de sa main, les cheveux hérissés, les lèvres bleues, se prit à défendre sa vie avec rage.

Alors s'engagea un combat acharné et hideux, de poings, d'ongles, d'étreintes et de morsures.

— Infâme! vil assassin! bégayait Noël, on t'envoie de l'enfer... pour payer du sang par du sang, n'est-pas?... le tien seul paiera.

Mais le Gitano, sombre et mugissant, l'étreignit, le plia en deux, fit crier ses os sur sa dure poitrine, le renversa, le traîna par terre, et saisit le pistolet qu'il venait d'apercevoir.

Noël cria étouffé et palpitant.

—Oh ! infàme ! pas sur la tombe de ma
mère ! ce n'est pas elle qui t'envoie et qui
demande ma mort pour vengeance, car
elle m'a pardonné ! ne me tue pas sur la
tombe de ma mère...

Le Muet s'arrêta stupéfié et d'un signe ,
prière sublime, demanda quelques paroles
de plus à la victime qu'il tenait sous ses
larges mains.

Le jeune homme à demi dégagé, continua d'une voix saccadée et déchirante.

— Oui, vois-tu, c'est là la tombe de
ma mère, et c'est là que tu veux me tuer !
—Ne le fais point, sacrilége! ne le fais point,
de par Dieu ! — Ma mère m'a béni, m'a
pardonné avant d'aller à l'échafaud, et à
mes cris, tu verrais son ombre terrible se
lever contre toi, et t'entraîner vivant dans
sa fosse. — Car elle aurait reconnu son

fils à cette marque qui nous a déjà si bien servis.

Noël tira de son sein la petite croix d'ébène, et la présenta impérieusement à Matéo.

Le pistolet partit!....

Un corps tomba.....

Mais ce fut ce celui du Muet...

Noël s'enfuit, haletant, épouvanté du péril qu'il venait de courir, et remerciant le Ciel de son assistance.

Le lendemain, il partit pour l'une de ses métairies, où il commença de mener la vie la plus triste et la plus austère, sans cependant songer davantage à s'ôter la vie.

———

Un an après, la première impression de ses malheurs effacée, et lassé de sa retraite, Noël s'occupa de réaliser la petite fortune

que lui avait laissée son père, mit ordre à
ses affaires, et quitta le pays où des souvenirs fâcheux l'importunaient encore.

Deux ans après, il trouva un parti à sa
convenance, et il se maria.

Quarante après, c'est-à-dire de nos
jours, M. Noël Reynaud, retiré au fond
d'une petite ville de province, est un bon
vieillard entouré d'enfans, de petits enfans, qui a, selon l'immuable loi du temps
et de la nature, oublié sa première famille
pour la seconde, et les catastrophes de sa
jeunesse pour les douceurs de ses vieux
ans.

M. Noël Reynaud ne parle jamais du

passé, s'occupe peu de l'avenir, et jouit du présent autant que faire se peut. Il a une jeune gouvernante, un petit jardin, un caniche de la plus belle race, et quelques amis. Il est libéral, franc-maçon, marguillier, et membre de la société d'horticulture ; il lit le *constitutionnel*, fredonne les chansons de Béranger, prend sa demi-tasse au café, dîne souvent chez le curé, fait le matin sa partie de boule, le soir son cent de piquet, va à la messe tous les dimanches. Il est très-considéré dans l'*endroit*; et quand ses petits-fils ont été bien sages, il leur conte au coin du feu, pendant les soirées d'hiver la merveilleuse histoire de l'*Oiseau bleu*.

FIN.

www.ingramcontent.com/pod-product-compliance
Lightning Source LLC
Chambersburg PA
CBHW070753030726
47504CB00003B/542